教場

きょうじょう

2

長岡弘樹

劉子倩——譯

きょうじょう

2

目次

第一話 創傷 005
第二話 心眼 055
第三話 罰則 099
第四話 敬慕 151
第五話 桌上 199
第六話 奉職 251

第一話
創傷

1

差不多要冒出來了。

桐澤篤悄悄低頭，在皮鞋中蜷起腳趾。

伸舌舔舐上唇。用這種老方法忍住呵欠後，慢慢把臉擺正。

第一百期短期課程警察手冊貸與儀式

滲出的淚花，令吊掛式看板上的文字看來有點模糊。

入學大約一個月後的現在，風間教場現有學生三十八人。同期入學的荒川教場也是同樣人數，加起來共七十六人。每個人將會逐一從校長手中接過手冊。警察學校的時間過得特別快，唯有這種單調的儀式例外。一不留神就立刻又想張大嘴巴打呵欠。

他正想再次舔舐上唇，卻和站在校長身旁的助教朝永恩美的視線撞上，慌忙縮回舌頭。

另一方面，說到指導教官風間公親，此人幾乎完全隱形，正在會場角落抱著雙臂。

「桐澤篤！」

「有！」

桐澤的右頰感到負責叫名字的助教朝永射來充滿壓迫的視線，同時立刻上前。

校長遞出手冊。

手冊是焦茶色皮製。對折的套子裡有身分證明，鑲著徽章。沒有附帶當筆記本使用的白紙，因此與其說是手冊更近似身分證。他立刻檢查身分證明上的照片是否是自己的，姓名、階級、手冊編號是否有誤。

徽章是金屬製因此有點沉重。精心計算以便一手打開手冊的重量，拿起來剛好。

他把手冊收進左胸口袋，向校長行禮後回到隊伍。

自己領完手冊後，意識立刻飄向明天開始的黃金週連假。

他們獲准返家探親。這是入學以來第一次回家。這一個月已累積太多可以告訴老友的話題。

不過，連假最後一天還有搬家作業等著。他必須從五月中旬即將進行耐震補強工程的「先驅一舍」搬到「三舍」。上午把自己的東西用紙箱打包。吃完午餐後搬進新寢室，拆封整理。計畫中是這麼安排，因此必須在早上回到宿舍。這樣等於難得的假期少掉整整一天。

沒想到住進宿舍才一個月零幾天就得搬走。雖然很麻煩，但是能夠搬進嶄新的寢室應該已經算是幸運吧。

他的視線回到前方。此刻從校長手裡接過手冊的學生是南原哲久。

相較於過胖的身材，南原的五官很稚氣。彷彿一直住在曬不到太陽的潮濕場所。之所以會有這種印象，或許是他那令人聯想到蛞蝓的外型？記得他年紀比自己小一歲，應該是二十六。

——慢著。

桐澤注視南原的側臉。因為他覺得以前好像在哪見過。

正當他試圖回想時，七十六人已全部領完手冊。

「桐澤巡查。」

忽然被校長叫到名字，他反射性地挺直腰桿。

「我問你一個問題吧。假設你是犯罪者，當你想從警察身上偷東西時會偷什麼？」

「警察手冊。」

「歷任校長每年在這個典禮都會問同樣的問題，但不知怎的好像幾乎所有的學生都會回答『手槍』，有一次，不知道是誰，據說還回答『偷心』。」

四處響起笑聲，稍微緩減了現場的緊張。

「你的直覺很靈敏。」

「謝謝校長誇獎。」

桐澤也用笑容和敬禮來回應校長的稱讚。

「警察手冊是最容易被用來犯罪的東西。因此無庸贅言，必須慎重保管。萬一真的弄丟了，只好請你立刻離開本校。」

學生們似乎有點困惑。因為校長始終面帶微笑，就這麼輕易說出口。學生們大概難以判斷校長是在說真的還是開玩笑吧。

但是站在最前排的桐澤很清楚。校長說到最後時嘴角已失去笑意——。

典禮結束，才剛走出禮堂到走廊，他又被叫到名字。這次是來自背後。

異常茂密的白髮，隱約有點失焦的雙眸——。他轉身一看，站在那裡的是教官風間。

「想起來了嗎？」

「……教官是指什麼？」

「現在是我在問你。你剛才不是好像在回想什麼嗎？」

「沒有。」

最後一個字還沒說完就已後悔了。自己為何在情急之下說謊？雖然只有短短一個月，照理說已見識過太多次慘痛的教訓。明知絕對不能欺騙這位教官。

「噢。」

果然，風間微微瞇起雙眼。但兩眼幅度不同。似乎有點卡住，右眼那隻假眼的眼皮垂得沒那麼低。

「能說說你昨晚吃了什麼嗎？」

這個問題的用意是什麼——。他按下膨脹的懷疑，專心試著回想。食堂入口。餐券販賣機。五行五列的按鍵中，他按下的是最上面那排的右端……。

「是海鮮蓋飯。」

「你認為自己現在正在做什麼動作？」

「……不知道。」

「是這樣。」

風間說著，突然停止一切動作。只有眼球忽左忽右，忽上忽下，保持一定的間隔游移。那是異樣奇妙的光景。那隻假眼是固定的，因此甚至會給人一種錯覺，彷彿兩人共有一張臉。

風間隨即吐出一口氣，解除身體的僵硬。

他剛才表演的，是人在試圖回想時的動作。

「之前的你就是這樣子。對，我記得是從南原領手冊時開始的。」

他詛咒被分到風間教場的厄運。和這個如此鉅細靡遺觀察事物的男人，還有長達五個月的時間必須面對面。

「恕我直言，教官是否想太多了？」

「是嗎。那就算了。學生只要稍有奇怪的動作，我就會很在意。請見諒。這是我的壞毛病。」

風間輕拍一下他的肩膀，穿過他身旁走了。

桐澤深吸一口氣。然而，他無法吐氣。

因為風間前腳才走，緊接著就出現助教朝永。他完全沒發現，但朝永似乎打從之前就一直躲在風間背後。

朝永是三十一歲的女巡查部長。眉目嚴肅，嘴唇薄得異常。臉上脂粉未施，皮膚卻有天然的光澤。眼眸總是發出暗光。宛如金屬的眼睛——這個入學當初的印象迄今不變。

「典禮前我說過什麼？」

「您說，在校長面前絕對不能露出牙齒。」

「你做個跟剛才一樣的表情。」

剛才……？她是指什麼時候？

「校長不是誇你直覺靈敏嗎？就是那時候。」

他稍微做出微笑。

「不對。你是這樣子。」

他知道朝永踮起了腳尖。因為自己比她高出二十公分。

臉頰被她的指尖用力揪著，毫不留情地拉扯。

2

和老友喝酒大聊警校話題是前晚的事。只不過是四十個小時前。可是每次拿毛巾擦脖子，就覺得明明應該還很新鮮的回憶逐一消逝。

即使沒有搬家作業等著，光是想像從明天起又要開始過度緊湊的課程，脈搏也會自動加快。

結束所有打包工作，面對六個紙箱鬆了一口氣時，已經稍微過了正午。

室內拖鞋，筆記用具，掛在牆上的月曆，鬧鐘……。零碎物品出乎意料地多。完全估計錯誤。說到行李，他本來以為除了衣服，私人物品頂多只有入學時帶來的書箱和檯燈。過於高估自己的淺薄令他氣惱。

他快步趕往福利大樓的食堂，把專用儲值卡插入餐券販賣機。

領了以蛋包飯為主菜的A套餐後，他走向的，是刻意遠離正面櫃檯的位子。西北角。那邊的位子不僅曬不到太陽而且離電視很遠，因此幾乎無人問津。

就在那樣一角的最邊緣的位子，此刻南原正在吃B套餐的烤魚。

即便在南原對面坐下，此人也毫無像樣的反應。好像微微點了一下頭，不過也許只是咀嚼紅燒烏賊太費勁。

「你知道我以前在醫院工作過吧？」

果然，這次南原還是沉默。之前找他攀談過兩三次，從來沒有一次得到回答。

「你猜是什麼醫院？」

被人搭訕似乎很痛苦。南原大概已經想走了。他明顯加快了手上的動作。雙手似乎相當靈巧。只見他以正確的持筷姿勢，靈活分開魚骨和魚肉。

「是警車醫院。不騙你。」

由父親擔任院長，設有三十五張病床的私立「鳩川醫院」位於鬧區外圍。當地常有素行不良的醉客徘徊，因此那一帶經常有人打架鬧事，傷患往往是被警車送來而非救護車。

「你當然知道那家醫院吧？」

南原的筷子尖，夾起飯碗剩下的最後一顆米粒。

「這樣還是想不起來嗎？」

桐澤說著，用筷子劃開蛋包的表面，周圍澆上鮮紅似血的番茄醬。如果把蛋包飯的隆起當成人類的上臂二頭肌，正好重現當時的畫面。

那是兩年前。記得那天是週末，入夜後街頭有很多醉客，打架鬧事想必也很多，但是送來的傷患意外地少。

記得當時應是凌晨兩點左右。

——被鐵管刺傷。

如此聲稱現身鳩川醫院的，是一個穿作業服的男人。

醫院的狹小停車場並未傳來引擎聲，因此他判斷男人是徒步或騎腳踏車來的。也沒有陪同者。

值班醫師只有自己。護理師忙著照顧聲稱肚子痛的小孩，所以自己必須一個人負責治療男人。

自己是內科醫生，完全不熟悉外科處理，這點在縫合前就已清楚告知對方。

男人的左臂斜著劃過很長的傷口，傷口周圍的血液已開始厚厚凝固。

男人帶了健保卡，但是姓名他已不記得。只記得男人雖然身材壯碩，五官卻很稚氣，而且看起來並不像他本人所說在工地工作。

但他確定。當時的傷患，就是此刻眼前的同期學生——。

「不，正確說來是這樣吧。」

他在蛋包飯上劃開的切口一端撒上辣椒粉。那是用來象徵燒傷。

他不知道男人從事什麼樣的工程，但是男人聲稱刺傷手臂的鐵管似乎被燒得滾燙。傷口邊緣有一塊地方，雖是輕度，已被高溫燙爛皮膚。

他本想問後來復原得如何？手臂還好嗎？可是南原已立刻起身離席。

剩下桐澤一人，他也加快了用餐速度。傍晚五點如果沒有結束全部作業，將有撿拾校內全部垃圾的差事等著。今天還是假日，所以照理說沒理由被處罰，但是學長卻這麼宣布。

——算了。

趕緊結束搬家作業，先預習一下功課吧。明天第一堂課是刑事訴訟法。至於第二堂課，每月第一個星期四是點檢訓練。第三堂是逮捕術。週五有無聊得要命令人頭疼的行政法。下週一起又多了法醫學課程。

他在腦中攤開課程表，慎重思考如何利用傍晚至晚間的時間，一邊用沒什麼料的味噌湯灌下滿嘴的蛋包飯。

吃完午餐，開始搬行李到三舍，或許是因為餐後立刻運動，側腹一陣刺痛。

一次頂多只抱得了兩個紙箱。

新寢室位於三舍二樓。二〇四號室。他分三次搬運六個紙箱，堆在那個房間前。制服和警笛、警棍以及日前領到的警察手冊，這類特別重要的東西都擱在洗衣籃沒放進紙箱中，以便隨時看得見。

最後拿起那個籃子，告別一舍。

三舍的二樓走廊上，擠滿許多學生。南原的寢室似乎也在同一個樓層。他在走動的成群運動服中認出那個貌似蛞蝓的龐大身材，同時將洗衣籃放在堆在自己寢室門前的紙箱上。

就在他把手伸進口袋想掏出鑰匙時，有人喊他。

不知幾時，身邊已站了一個眼皮浮腫的男人。

美浦亮真。入學後立刻和此人走得很近，關於意氣投合的理由，老實說，他自己也還不清楚。

美浦微微彎起右臂。手肘沒有打橫而是往前伸，做出給對方看手背似的敬禮。

「你那樣不對吧。違反警察敬禮模式喔。」

「沒事。這不是警察模式是海軍模式。」

在類似船內走道的狹小場所敬禮時，據說就會採用美浦此刻的敬禮方式。眼前的走廊上，忙著搬家的學生們撞來撞去一團混亂。如果大家身上穿的不是運動服而是水手服，這裡的確很像戰艦內部。

美浦露出手背的手一翻，手裡握著鑰匙。上面寫著「二〇六」。

「怎麼，這次是做鄰居啊。」

在一舍時，桐澤住四樓美浦住一樓。來來往往很麻煩，這下看來不用再恨樓梯。

「總不可能只有你那邊是飯店套房吧。」

美浦一直敞著二〇六號房的房門。桐澤走過去，探頭朝室內看了一下。

大約三坪的西式房間。靠門口有衣櫃，中間是床，最裡面是桌子。當然，室內格局都一樣。不愧是事事井然有序的美浦，不僅把東西搬進去，甚至大致整理完畢了。

「不過，你這間的光線好像不太好？」

二〇六號的窗子正好被院子的楓樹茂密的葉子遮住。

「要不要也看看我的房間？」

桐澤轉頭問，身旁的美浦沒回答，卻定睛凝視自己的臉。

「……怎麼了？」

「我是在想，你這裡應該已經沒事了吧。」

美浦說著摸自己的臉頰。

——今天給我一直笑到睡覺為止！

那是五天前。手冊貸與儀式結束後，他被朝永叫住如此命令。朝永還說：「如果笑容消失或者嘴巴閉上了，我就把你的連假全部取消。」

結果連假第一天早上他什麼都吃不了。只要開口說話，到現在臉頰的肌肉還會有點痛。

「你才是，臉色好像不太好。」

他瞥向美浦的臉頰。皮膚顯然很粗糙。

「看來應該是ＨＧＨ不夠均衡。」

ＨＧＨ就是生長激素。是攸關促進代謝和修復細胞的生理活性物質，如果分泌失調就會造成膚質不良。

他這麼一解說，美浦看似佩服地噘起嘴唇。

「不愧是以前幹這行的。」

桐澤醫學系畢業後，在父親的醫院以內科實習醫生的身分工作過兩年。這點，他當然對美浦說過。

美浦該不會是有什麼煩惱，最近沒睡好吧。不管在課業或宿舍生活，美浦看起來都適應良好得不可思議，但他的神經似乎意外地纖細。

「等一下。我應該有維他命。」

桐澤說著，把洗衣籃放到地上，打開下方的紙箱，開始尋找裝維他命的瓶子。

「幸好有你，Doctor。」

桐澤不僅曾經做過醫生，而且名字是「篤（Toku）」，難怪會得到這種綽號，但他其實更希望別人正常地喊他的姓氏。

「不過話說回來，沒想到真的有人好不容易考取醫師執照了居然想當警察。」

「就跟你說這種話我聽都聽膩——」

桐澤忽然停下找藥瓶的手。

「不見了。」

「找不到就算了。我想福利社應該也買得到維他命。」

「……是嗎。」

桐澤以眼神向美浦道歉，蓋上紙箱的蓋子。

3

仰望白色天花板，窗外傳來聲音。

「向點檢官行注目禮！」

「第一列上前六步，第二列上前三步！」

桐澤下床，走向窗邊。

在操場響起的號令下，學生們用還不熟練的步伐排成檢閱隊形。

任課教官檢查成果的視線相當銳利。

只要有一個人動作不對，就會追究連帶責任，全組都得遭到處罰。點檢訓練是相當考驗神經的課程。

「手冊！」

本以為基本姿勢應該很簡單，結果大錯特錯。頭部和手的位置、角度都被嚴格規定，只要動作稍微不合規定，就得穿著皮鞋跑好幾圈操場，所以很要命。

「警笛！一齊吹響！收起！」

起床要喊口令，上課要喊口令，就寢也要喊口令。事事都要喊口令。在這裡聽到的話語，結尾通常附帶驚嘆號。

正在這麼思忖之際，外面響起腳步聲。好像是保健師回來了。桐澤急忙離開窗口，回到病床。

醫務室的門開了。從門口出現的，不是保健師的光頭而是風間的白髮。

「身體怎麼樣了？」

從起床時持續出現頭痛與惡寒。自己在症狀單上填寫的文字掠過腦海。

因為「設定」是原因不明，所以頭痛與惡寒或許都該加上「突發性」這三個字更正確。

「已經好多了。我想下午回去上課。」

「那就好。不用逞強。」

「是。」

裝病的罪惡感，令他直到午休時間仍絲毫不覺飢餓。

他沒吃午餐，直接前往第三堂課的柔道場。

穿上汗濕的柔道服。看著不知幾時長長的腳趾甲，有點懊悔忘了剪趾甲，同時聞到青色榻榻米的氣味。

沒等多久，任課教官朝永就進來了。她一如往常緩緩轉動脖子環視眾人。學生們不准動。必須腳跟相貼併攏雙腿接受「閱兵」。當然不能在助教面前撇開臉，但也不能直接對上眼。

朝永這次也要求他們兩人一組做柔軟體操和肌肉訓練。

教導沒經驗的學生武術，似乎比想像中困難。因為不能讓學生受傷，所以無法立刻開始練習技巧。入學以來直到今天為止，在這個道場做的始終是準備運動。

快要下課前，朝永走到前面揚聲說：「肌肉訓練到此暫時結束。下次開始正式練習，不過在那之前，你們必須先做好一項準備。知道是什麼嗎？」

直覺朝永的臉對著這邊，桐澤微妙地撇開視線。

「那就是習慣暴力。記住，警察有時連父母都得打。如果沒有先親身經歷被拳打腳踢的滋味，到了第一線可不管用。懂了嗎？」

「懂！」

「現在同組學員面對面。」

桐澤的練習搭擋是美浦。

朝永下達指令。「對手咬緊牙根。我不要求你們用拳頭。巴掌即可，現在打你眼前的對手耳光。」

學生們一齊開始聽命行事。即使是同性搭擋的女學生，也一樣互打耳光。桐澤也說聲「抱歉」，朝美浦揮出巴掌。

接著輪到美浦抬起右手。手肘向後拉。

然而，他的動作就此停止。保持take back[1]的姿勢僵住了。

「喂！」

朝永怒吼一聲大步走來。六十坪的空間霎時鴉雀無聲。本來和美浦面對面的桐澤也慌忙立正站好。

朝永在美浦眼前二十公分處駐足。美浦身高約一百七十公分，朝永比他矮了十公分。被她用金屬的眼睛從下方睨視，美浦的喉結用力聳動。

「入學當天，風間教官問過你一個問題吧。還記得他是怎麼問的嗎？」

「記得。」

「說說看。」

「教官問我『對警察抱著什麼感覺』。」

「結果你是怎麼回答的？」

「我說『不滿意。有種種怨言』。」

窗口射入的春光。新制服散發的漿糊味……。一瞬間，記憶跳回四十天前。

「你說對警察有種種怨言，是針對我嗎？」

「不是。」

「是針對我嗎？『沒譜』。」

朝永喊出學生之間使用的綽號，美浦不禁在一瞬間抬起視線。

「不是。」

「那你為什麼不照我說的做。只要這樣就行了。」

朝永甩了美浦一巴掌。

「沒有想像中那麼痛吧？趕快動手！」

但美浦的手腳還是無法動彈，於是朝永把臉轉向桐澤。

「桐澤，上前！」

1　Take back，棒球選手準備打擊或投球時，舉起手臂向後拉的動作。

桐澤才跨出一步，朝永就朝他沒戴護具的身體用力揮來一拳。

「這是拳打。」

接著腿上也挨了一記。

「這是腳踢。——桐澤，會痛嗎？」

「……會。」

「美浦，聽見了吧。」

宣告第三堂課結束的鐘聲響起。

「除非你打桐澤耳光，否則接下來你們其中一個就得繼續當我的練習對手。」

朝永雖然用比較委婉的「練習對手」這種說法，但是換成「練習台」這個字眼當然更正確。

「我先聲明，我討厭手下留情這個說法。是否接受，你在下週上課前好好考慮。」

4

「其實他本來好像打算裝病翹掉那堂逮捕術課。」

「你說 doctor？」

「對。他刑訴法不是也沒來上？為了不惹人懷疑，他從第一堂課就決定裝病了。」

「可是，聽說被風間教官識破了耶。」

「對啊。所以他不得不來上課。」

在餐券販賣機前排隊時，站在前面的梅村、中內、及乾三人壓低嗓門如此交談。

校內處處隔牆有耳。傳播速度用音速來形容亦不為過，一旦有八卦新聞，就會立刻蔓延到教室、道場、食堂、宿舍。

三人似乎發現桐澤站在背後，縮起脖子逃之夭夭。

他迅速環視食堂內。如果美浦在，他打算避開。

距離上週四的課程已過了四天，但他們從那天起再也沒說過話。總覺得有點尷尬，一直避免主動接觸對方。

吃完午餐前往的地點是第三教室。週一第三堂課，是風間講授的「管區警察」。

他在中間那排最後面自己的位子坐下。

幾乎沒有學生閒聊。大概是因為沒有從「自由世界」帶回來的話題。這個週末，風間無預警地下達禁止外出令，因此人人都被迫待在宿舍。

不久，風間現身教室。

「閉上眼睛！」

這是他開口第一句話。風間上課向來沒有多餘的開場白。學生們也習慣了，因此對這項命令也無人懷疑。

桐澤也默默合眼。

「試著在腦中想一些罵人的話。比方說『人渣！垃圾！你這個廢物！』類似這種程度即可。要更加別出心裁也行。」

過了一會，風間指名津木田和仁志川。

「你們想了什麼罵人的話？津木田你說。」

「『你這個薪水小偷，去吃屎啦』。」

——這應該是說你吧。

津木田回答後，有人偷偷這麼嘀咕。桐澤斜眼旁觀某些學生憋笑的樣子，從聲音的方向判斷，這句話應該是乾說的。

「仁志川呢？」

「『我覺得你根本不是人』。」

「相當嚴格。很好。——對了，桐澤。」

突然被指名，他瞬間縮起脖子。遲緩地站起來。他還沒想到任何罵人的說詞。

「待會我招手時，可以請你從走道走過來嗎？」

「……是。」

「其他同學，請你們對著桐澤說出剛才想到的說詞。盡量大聲說。在他走到黑板前面之前說多少遍都行。準備好了吧。」

風間招手。

教室內陷入奇妙的氛圍，令桐澤有點不敢踏出一步。也沒人開口。

他慢了一拍才開始邁步，但大家依然沉默。

等桐澤就這樣走到黑板前面後，風間瞥向仁志川。

「為什麼不聽我的指令？」

「對不起。畢竟有點抗拒感……」

「那就對了。就算罵髒話也得不到任何好處。——不過桐澤，剛才你應該可以充分想像得到，自己一個人承受來自四面八方唾罵聲的情景吧。」

「是。」

「大家都要記住。因為那就是五個月後，你們的模樣。」

或許是因為緊張，有些學生聽到風間這麼說後，深吸一口氣。

「桐澤，你想像過畢業後分配到崗位的自己嗎？我是說，週末的夜晚，身穿制服獨自在鬧區巡邏的樣子。」

「是。稍微想像過。」

在大型鬧區，菜鳥警察只要走過兩三條馬路，據說立刻會被流氓包圍。也曾聽說——雖不知是真是假——每前進一步都會毫不留情地遭到污言穢語謾罵。

「害怕嗎？」

「如果說不怕，那是騙人的。」

「那你可以現在立刻退學。」

「不。我要繼續。我會在這個學校好好鍛鍊，讓自己不再害怕。」

或許是對這個答案很滿意，風間微微挑起唇角，轉頭對全體學生說：

「今天，我們要談如何向管區內的居民打聽情報的訣竅。請想像以下狀況。」

住宅區發生闖空門案件。附近居民似乎知道什麼內情。站在居民的立場，當然很樂意協助警方，卻又不願被捲入案件——風間給的就是這樣的設定。

「桐澤，這種情況下，你會怎麼做？」

「我想應該使用『傳聞技巧』。」

「那是什麼技術？能否淺顯易懂地解釋給大家聽？你就把我當成附近居民實際表演一下。」

站在風間面前，桐澤輕咳一聲。

「您該不會從誰那裡聽說了什麼？」

「你就這樣發問？」

「是。換句話說，是採用聽取第三者意見的形式。如果是從自己嘴巴說出來的，會對證詞格外感到有責任，往往會說不出口。」

「看來你似乎很了解人類心理。」

「不敢當。」

內科醫生必須透過問診看穿病人是什麼病。發問的能力正是醫生的武器。

「接下來就談談兩人聯手向一人打聽情報時的訣竅吧。這主要是用在刑事案件。不過對派出所勤務的警察而言，如果學會了想必哪天也能派上用場。」

風間面對眾人。

「南原，到前面來。你看起來口風很緊，應該很適合扮演這個角色。」

南原走過來時的步伐，照例慢吞吞。

「你現在帶著自己的警察手冊吧。」

「是。」

「你就把那個當成某種值錢的物品。當成什麼好呢？鈔票？貴金屬？或者就當成警察手冊好了？因為根據校長的說法，手冊才是犯罪分子最想要的東西。」

「……當成珠寶可以嗎？」

「就這麼辦。──南原，假設你現在是從某戶民宅偷了珠寶的嫌疑人。珠寶應該在你手上，你卻堅持不肯吐露藏在何處。基本上就是這樣的設定。」

風間又轉頭對桐澤說：「接著是桐澤。如果你要從這個嫌疑人口中問出情報，什麼訊問方法最有效呢？你就把自己當成刑警，在這樣的設定下對南原試試看。不過，這時候你還需要另一個刑警搭檔。」

「意思是要巧妙利用那個搭檔嗎？」

「你的靈敏直覺依然健在啊。」

桐澤一把揪住南原的前襟。準確說是假裝揪住，沒碰到衣服，只在領結前握拳。

「喂！你把東西藏在哪裡了！」

瞪大雙眼的南原不停眨眼。桐澤用眼神示意「嚇到你很抱歉」，又轉頭看風間。

「像這樣一個刑警唱黑臉恫嚇嫌疑人，另一個刑警唱白臉，應該有用吧？」

「這方法也太老套。這年頭恐怕不流行了。」

「那麼，一個刑警訊問時，另一個刑警偷偷耳語，讓嫌疑人產生不安，這個方法可以嗎？」

「這個也是好像在哪聽過的做法。」

這問題很難。桐澤想不出怎樣才是正確解答。

「沒轍了？」

「能否再給我一點思考的時間？」

「好吧。那就在三天之內找到答案。我想以你的本事應該可以。」

5

早上六點已經醒了。距離館內廣播起床號令還有三十分鐘。

五月十三日。這是個無味無臭的早晨。搬來新宿舍已過了一個多星期，嗅覺也已對壁紙的氣味徹底痲痺。

在這裡的一天，是從把被子折成方塊的作業開始。不知幾時會有突擊檢查。必須反覆折疊五次才能把棉被的每個角精確對準。

晨跑的距離最少五公里。不過，對於此刻精疲力竭意志萎靡的自己而言，就連一半的距離都變得吃力。

他嘆息著開門。

門前站著人。一方面也是因為尚未徹底清醒，他當下竟然無法意識到那個人影是風間。

「早。我正想來帶你出去。」

「……請問要去做什麼？」

「上週的點檢訓練你請了病假吧？這樣下去會落後大家喔。你很擔心吧？」

「是。的確有點不安。」

「那你最好補習一下。五分鐘之內做好準備來操場。」

風間說完，轉身朝樓梯走去。

只朝走廊跨出一步的桐澤，慌忙又把那隻腳縮回房間。

穿上制服，拿好配備物品，換了鞋子跑向操場，只見風間站在升旗台旁。

「立正！」

一挺直腰桿，渾身肌肉就喀喀響。大概是這陣子都沒睡好的關係。

「報數！」

「一！」

「警棍！」

他當然無暇逐一想起警察點檢規範該說的話。只是全然交由這段日子身體已習慣的動作自行反應。

「伸長。——收起。——手銬。」

伸向皮套的指尖被汗水弄得有點滑。

「收起。——警哨。——吹響。——收起。」

他保持立正的姿勢只動手臂。光是這樣的動作就已氣喘吁吁。

「課後作業完成了嗎？」

這個突然的問題，令他在一瞬間思考出現空白。課後作業……。是上次風間上課時提出的那個問題嗎？

「完成了。」

「該怎麼做？」

「我想應該使用所謂的『否定技巧』。」

升旗台有三根旗桿，他把正中間那根當成嫌疑人。

「比方說，教官和我是搭檔的刑警，由我詢問嫌疑人『晚間八點在哪裡』。」

「然後呢？」

「然後，請教官否定我剛才的問題。」

「『問這傢伙這種問題也沒用啦，桐澤。』——像這樣？」

「是的。——珠寶在你手上吧。你藏在哪了。」

「已經不在這傢伙手上了啦。肯定早就轉手賣到銷贓的地方了。」

「對，就是類似這種方式。兩人之中，一人不斷要求嫌疑人招認，另一人故意擺出沒那個必要的態度。這樣的話——」

「不如自己主動提供情報——你認為嫌疑人就會產生這種心態？」

「對。說來不可思議，但這就是人類心理。」

「果然名不虛傳。」風間看似滿意地點頭。「難怪大家都喊你doctor。」

「不敢當。」

「時間差不多了。那就結束吧。」

桐澤併攏腳跟，作勢向後轉。就在他朝宿舍跨出一步時，打斷他動作的，是風間說的那句「抱歉」。

「手冊。」

「……啥？」

「我真是粗心大意。剛才還有一項忘記檢查了。那可是最重要的東西。是手冊。把你的手冊拿出來。」

桐澤再次立正。手伸向左胸口袋。解開鈕扣。手指伸進口袋。這時他不得不停下動作。

「怎麼了？」

「……對不起。」

「什麼意思？」

「我沒有。」

「沒有什麼？」

指尖觸及的只有空氣。左胸的口袋是空的。

「……手冊。」

「意思是你遺失了嗎？」

他點頭，風間抬手掩口。十分困擾似地將視線滑向斜下方。

風間早已看穿自己遺失手冊了。打從一開始就不可能敷衍過去。

「什麼時候丟的？你自己心裡有數嗎？」

「是搬宿舍時。在搬運行李的混亂中。」

「你記得校長說過的話吧？」

遺失手冊就立刻退學——。他當然已有覺悟。

「你為什麼不惜拋棄醫師這個職業想當警察？」

「不好意思，教官這個問題問得並不正確。」

「什麼意思？」

「我曾拋棄的東西正好相反。」

光是這樣解釋，風間似乎就已完全理解他的意思。

「原來如此。那我重新再問一次。立志當警察的你，為什麼中間會繞路去當醫生？」

「純粹是家庭因素。在我弟決心成為醫生之前，我必須繼承父親的衣缽。」

「你不覺得可惜嗎？」

「不會。」這是真心話。「世上有很多單純的醫生，單純的警察，可是全國二十六萬名警察之中，我想大概只有我一人是醫生警察。」

「你當初想當警察的動機是什麼？」

「我很崇拜我的外公。他一輩子都是派出所的萬年巡查部長[2]，但我一直很尊敬

---

2 日本的警察階級由低至高依次是巡查，巡查部長，警部補，警部，警視，警視正，警視長，警視監，警視總監。巡查部長大約等於台灣的巡佐。

他。」

私立醫院以營利為優先。正因為自己置身在藥品中夾雜濃厚銅臭味的環境，無私無欲始終站在派出所崗哨前的外公身影才更顯得耀眼。

「今後，你當過醫生的資歷會派上用場？」

「管區警員是個經常必須率先趕往傷患身邊的職業。如果能當場急救肯定可以挽救一些生命。恕我冒昧直言，不可能不派上用場。」

「好吧。你的確很有潛力。甚至可以說潛力過剩。因此，我決定暫時不追究你這次的失誤。」

他深深一鞠躬，連制服帽都掉到地上。慌忙撿起。

「別高興得太早。下次點檢訓練之前你必須找出手冊。不用我說你應該也知道，不准再裝病了。」

本欲拍打制服帽沙土的手，頓時停止。他無法回答。這叫他怎麼找？

「不過，我也會協助你搜索。」

「……不好意思。麻煩教官了。」

「遺失了。——剛才是這麼說的吧？」

「是。」

「你為什麼能夠這樣斷言？」

「……教官的意思是？」

「你沒考慮過其他的可能嗎？」

換言之，風間的意思是，手冊或許是被誰偷走了。

「我當然考慮過，但那不可能。」

「為什麼？」

「因為我從未與人結怨。無論任何人。」

宿舍搬遷是五月五日。入學之後，第一次和其他學生碰面是四月一日。這些日子以來只要一有機會，天天都在回想這三十五天的生活。他仔細搜尋記憶，思索過是否曾與人結怨。

然而，被人感謝倒是有，結怨的事可從來沒發生過。自己根本沒有任何理由被人偷走手冊。

該不會是朝永助教？不可能。宿舍搬遷時她並未出現。

假設真是被誰偷的，以風間的本領應該能夠找出犯人吧。畢竟他規定學生必須繳交詳細的日記。一旦發現日記內容故意說謊或捏造就有退學處分等著。就是這麼可怕。這表示風間幾乎完全掌握每個人的行動。再加上他堪稱異常的觀察力，想必立刻能找出是誰該束手就縛。

「難道你這輩子只活了三十五天嗎？」

風間瞥向手錶，撂下這句話轉身離去時，宣告清掃作業開始的鐘聲也傳來操場。

6

要習慣點三八口徑的史密斯威森手槍的重量，好像還需要一點時間。
就在彈匣上方，放在手槍平坦處的保特瓶蓋正微微顫動。
今天要做的訓練就是如何在不讓瓶蓋掉落的情況下扣扳機，但他已挑戰九次，九次都失敗了。
眼睛好痛。眼球痙攣。
——難道你這輩子只活了三十五天嗎？
自從聽了昨天風間說的那句話，心情就受到動搖，失眠變得更嚴重。
而那個風間，今天也站在角落旁觀上課，因此拿著鋼鐵色武器的手也比平時抖得更厲害。
「射擊！」
在任課教官荒川的口令下，他扣下第十次扳機。白色瓶蓋也同時落下，清楚看見槍身準星時，第四堂課的下課鐘聲響起。

荒川和其他學生回本館去了，只有自己和南原被風間下令留在射擊練習場。

「我一直在旁觀你們上課，桐澤，老實說你的姿勢完全不正確。」

他只能低頭認錯。

「反觀南原的射擊簡直漂亮極了。所以南原，我想請你給笨學生特別補習一下。如何？」

「……如果我幫得上忙的話。」

「謝謝。請你先談談射擊的訣竅好嗎？」

「消除對槍枝的恐懼。僅此而已。」

「槍枝很可怕嗎？」

「是的。必須慎重對待是毋庸置疑。可是如果心存恐懼手就會抖，導致打不中目標。」

「言之有理。」

「所以，輕鬆看待『這玩意只不過是玩具』的心態也很重要。」

「還有呢？」

「用這種欽死嗯搭波時，雖然有效射程大約有四十公尺——」

欽死嗯搭波……？桐澤費了幾秒才意會到是指S＆W（史密斯威森手槍）。

「但基本上絕對打不中。即使縮短一半距離，能打中二十公尺外的目標，也幾乎可以說是瞎矇到的。」

「還有嗎？」

「本來子彈這種東西就不是直線飛行。不管怎樣，子彈都會飛往偏離瞄準位置之處。因此，打不中是理所當然。和分數無關，能夠每次命中同樣位置的人就代表槍法好。」

「原來如此。」

「還有，每支手槍各有不同習性。要命中同樣位置的訣竅，就是必須盡快瞭解手槍的習性。」

風間朝桐澤瞄來一眼，彷彿在說「聽見沒有」。

「還有一點很重要，就是手指的動作。扣扳機時，如果手指突然用力，槍身就會下垂變成所謂的『trigger snatch』。因此必須有耐心地緩緩拉動。腦中要想像用慢鏡頭拍攝自己食指的影像。那就是訣竅。」

「說明得很好。連我也上了一課。——對了，換宿舍的混亂中，桐澤巡查好像遺失了什麼東西，你知不知道？」

桐澤慌了。教官突然講這個幹什麼。

「教官，遺失是我個人的疏忽造成的。不關任何人的事。」

「桐澤把那個放在洗衣籃中。換言之，是赤裸裸地暴露在眾人眼中。因此誰都可以趁其不備迅速拿走。只要是三舍二樓的人都有可能。──南原，說起來，你也是其中一人啊。」

「恕我冒昧直言，這和南原巡查無關。是我自己的錯。」

「南原，你知道桐澤丟的是什麼東西嗎？」

「不好意思，南原巡查不可能知道。」

「是焦茶色外皮的身分證明喔。」

桐澤不敢看南原。他的臉頰發熱。遺失手冊的事被同學知道了。羞恥心壓倒一切。

「桐澤的手冊消失的瞬間，誰在哪個位置，只要召集大家做個現場重現實驗想必就能輕易查出。」

「我說過了，教官，不可能是他偷的。」

對，不可能。因為南原沒有理由，也沒有動機。

「南原，桐澤的手冊現在在哪裡，你不知道嗎？」
「請等一下教官。我再三強調過了，南原巡查和這件事無關。」
「桐澤。」風間的臉轉過來。「上週末過得開心嗎？」
「不算特別開心。」
「為什麼？」
「因為沒有得到外出許可。」
「很棒吧，多了一大堆自習時間。」
「會這麼想的學生應該不多。」
「如果真的那麼想外出，為什麼不試著偷溜呢？」
「不可能。」
隨時隨地都有人監視，而且偷溜的處罰很嚴重。
「那麼，從換宿舍以來，應該完全沒機會吧。」
「教官是指什麼？」
「把私人物品帶出校外的機會。」
「完全沒有。」

「桐澤，你有不方便給人看見的東西嗎？」

「沒有。」

「那你的寢室如果被檢查，你也無所謂吧？反而應該很歡迎搜查，可以理直氣壯接受檢查。」

「就算沒有虧心事，我想應該也沒有學生會歡迎別人擅自打開衣櫃。」

「我正打算來個久違的檢查呢。」

「教官是指宿舍檢查？」

「對。怎麼樣？你意下如何？」

「能不能不要把我拖下水？如果我贊成，會被大家恨死的。」

「好，就這麼決定了。」

「……道。」

南原的聲音忽然插入。

「……我知道。」

風間把臉轉回去看南原。「你知道什麼？」

「……我知道，桐澤巡查的手冊，在哪裡。」

「在哪？」

「……宿舍的床鋪。床墊底下。」

「誰的床？」

南原握槍的手緩緩舉起，用槍口指著自己的太陽穴。

南原的表情，此刻隱約帶著絕望。拿槍口對著人就得無條件退學——這是他充分覺悟這點而做出的行為嗎？

「那我確認一下。你是偷走手冊的犯人嗎？」

「是的。是我……」

幹的。那個聲音彷彿自遙遠的過去傳來。

7

「那我們繼續上次的課程。」

週一第二堂課——。

法醫學任課教官新關，是從科警研（科學警察研究所）派遣過來年約四十歲的瘦削男子。或許是對「准教授」這個頭銜很自豪，名牌不是別在白袍左胸，而是靈巧地垂掛在兩襟合攏之處。

「人體的創傷，有很多種。」

新關細瘦的手在黑板畫出傷口簡圖。

「以前的推理小說，曾經出現用冰箭當作凶器的障眼法，那是從古老紀錄實際殘留的事件得來的靈感。實際上的確發生過冰塊碎片深深刺入路過者的胸口，被誤認為槍傷的事件。」

有幾個學生不敢直視教科書上的照片。但是對於熟讀醫學書籍的人看來，並不算刺激。

「關於創傷的說明，就簡單地到此結束。接著看下一頁。關於屍體醫師會開出的文件，有死亡診斷書和驗屍報告這兩種——」

課程以驚人的速度飛快進行。六個月。對於生活充滿各種規定的人而言為期漫長，但是相較於教科書的厚度又嫌太短。

到了午休時間，桐澤與美浦一起去食堂。

大抵上無論在哪個警察學校，只要是同期生，全體吃的都是同一種菜色，喊「開動」的聲音也是同時發出。能夠讓學生自行購買餐券挑選愛吃的菜色，在自己喜歡的時間進食的，恐怕只有這個學校。至少用餐時間要給學生喘口氣。之所以如此感人地用心照顧學生，或許是因為在其他部分的管教比起其他縣市的學校壓倒性地嚴格？

今天桐澤也買了Ａ套餐的餐券，和美浦並排坐下。

「筷子用得好不好，不是說看吃魚的方式就知道嗎？」

他對正在和鹽烤紅甘魚埋頭苦戰挑出小刺的美浦這麼一說，美浦雖然有點氣惱還是同意地說「是啊」。

「像南原就是高手級。」

被乾淨拆解的白肉魚鮮明掠過腦海。

「以他那麼靈巧的雙手，肯定製造得出來吧。」

「製造什麼？」

桐澤放下筷子。用那隻手把大拇指和食指比成直角，做出手槍的姿勢。

「那傢伙不是相當喜歡這玩意嗎？」

「不會吧……」

當著壓低嗓門的美浦面前，他雖然笑著搖手說「開玩笑的啦」，但是入學前的南原曾經私造手槍，這是上週五在風間的詢問下，南原親口招認的。

風間公親——。據說他以前本來是刑警。嘴巴那麼緊的南原，也在他拋出槍枝的話題後變得饒舌，對於發表意見不再抗拒，給人的感覺的確經驗豐富。站在曾經天天向病患問診的立場看來，風間的做法也很值得參考。

「對了，還不知哪天會臨時測驗。還是先來複習一下剛才的上課內容吧。這是刺傷的傷口對吧。」

桐澤把筷子插進蛋包飯。這種違反用餐禮儀的行為，萬一被教官或學長看見了恐怕會被處罰或訓話，所以事前必須先觀察一下週遭。

「然後，這是刺切傷口。」

那是在刀子仍在被害者體內的狀態下，被害者移動，或者加害者拔出那把刀時造成的創傷。比起單純的刺傷，傷口會更大。

「然後，這是挫裂傷。皮膚被鈍器施加壓力，同時造成挫傷和裂傷，對吧。」

他用筷子縱向劃開蛋包表面，周圍澆上番茄醬模擬的鮮血。

「不過，這也可能是槍傷。換言之，如果開槍時槍身緊貼皮膚，像這樣。」

他在剛剛切開的裂縫一端撒上辣椒粉。

「伴隨燒傷時。」

土製手槍爆炸。如果手臂受傷，本該趕往指定急救醫院，但是外科醫生一看就會看穿受傷原因。為了避免風險，南原選擇了輪到夜間看診的僻靜地區不起眼的私人醫院。幸好值班的是菜鳥內科醫生，沒發現受傷的真正原因。

當南原和那個內科醫生在這種地方重逢時，他做何感想呢？至少可以確定他絕對沒有閒情逸致感嘆這場奇遇。

在這裡的課程也包括法醫學教學。關於創傷會大致學到。既然如此，南原心底肯定很害怕。他怕這次，當初受傷的真正原因會被識破。

正因如此，南原才想盡快逼桐澤退學。

學長走近了。桐澤連忙切下蛋包飯一角塞進嘴裡，消滅「複習」的痕跡後，望向西北角。

午後的影子，靜靜落在失去主人的最邊上那張桌子。

第二話

心眼

1

日前進行的長途步行訓練，導致左右大腿到現在還在發熱。

不過，即便來到別人看不見的地方，忍野宗友還是沒有停止小跑步。

入學已有五十天的肌肉，已經徹底記住「三步以上的行動必須快步前進」這個規定。

他衝進音樂教室，按下節拍器的指針。也懶得調整呼吸，立刻抓起口琴。如果再磨蹭下去，等其他成員來了，就會分辨不出自己的音色。

配合一分鐘六十拍的節奏，正在吹披頭四的曲子時，後方的門開了。露面的是指導教官風間公親。

「以前某人曾經告訴我，」風間背靠著門，環抱雙臂。「據說猶太人之中有很多小提琴名家。」

「是的。是有這樣的說法。」

「為什麼呢？」

「我曾聽說，是因為這個民族遭受過太多苦難。他們想要試著表達無法用言語形容的痛苦，於是化為有深度的音色。」

「或許跟你吹奏的音色吸引我是同樣的理由吧。」

他繼續演奏。現在練習的曲子是《*Nowhere Man*》。這首曲子特別難控制氣息。果然，走音了。

「看來是我多嘴擾亂了你的心情。」

「不是那樣的。」

「沒必要逞強。誠實點。」

室內一側的牆邊放著鏡子。是用來檢視演奏姿勢的。風間命令他站到那前面。

「看著自己的臉，你沒發現嗎？」

雙耳通紅。

「就算撲克臉裝得再怎麼巧妙，耳垂也騙不了人。那是血管集中的地方。只要人一緊張或害羞，一定會發紅。記住這點或許哪天會派上用場喔。」

被音色吸引——自己的確因為被教官這樣誇獎有點得意。他只能低頭。

回過神時，風間已經消失了。緊接著有其他學生進來，開始和每週五第五堂課毫無不同的社團活動。

指導音樂社的，是隸屬於縣警音樂隊的警部補。每週從總局前來指導，但今天似乎有事，只撂下一句「下課鐘響前的十分鐘各自練習自己負責的段落」，就提早離開了。

繼續練習口琴時，他察覺同屬風間教場的坂根千亞季流露出有點困擾的模樣。

「怎麼了？」

千亞季用大眼睛回看他。

「我找不到mallet……」

Mallet。那是敲木琴的琴槌。似乎從本該放置的地點消失了。

——又來了嗎……。

最近經常聽說東西不見。不知是遺失還是被偷。正確形容這個事態的字眼想必是後者。他如此暗忖，一邊陪千亞季在教室搜尋之際，

「你過來一下。」

胳膊突然被人用力一拽。無需根據聲音判斷也知道是梅村。轉頭一看，果然，眼前是一張露出下流笑容的鞋拔子臉。

一旁的跟班中內也輕蔑地撇嘴。梅村伸手硬是把他按到中內準備的鋼琴凳上。

「那我們現在開始測謊。」

「別鬧了……」

他試圖站起。這次是腦袋被按住。

「先做預備檢查。我要詢問你的年齡。請一律回答『不是』。如果『不是』是說謊時會有低音樂器響起，所以請注意。」

中內慎重其事地抱著低音號。

「你現年二十三歲嗎？」

「……不是。」

「二十四歲嗎？」

「不是。」

「二十五歲嗎？」

「不是。」

中內把低音號被稱為「bell」的喇叭靠近他的耳朵。重低音轟來，可以感到有點過長的頭髮微微顫動。

「測謊結果顯示你二十五歲。沒錯吧？」

失靈的聽覺勉強才聽清梅村的聲音，他點點頭垂下眼。他不能望向站在窗邊的千亞季。

「好，接下來是正式詢問。你第一次嘗到異性滋味是什麼時候？是高中時嗎？」

他不回答就被打腦袋。

「……不是。」

「是大學時嗎？」

「不是。」

「是踏入社會之後嗎？」

「……不是。」

「哎喲，這是怎麼回事。如此說來，忍野巡查，你該不會還是處男吧？」

「……不是。」

中內再次吹響低音號，梅村用毫不遜色的音量發出笑聲。

這時，笑鬧聲戛然而止。

忍野抬起頭。一個身材特別魁梧的學生正從前門走進來。身高一百八十七公分，體重八十八公斤。如果只注意他厚實的胸膛和粗壯的手臂，往往會忽略他巨樹般的大腿。

他是堂本真佐丈。

堂本揪起梅村的領口，讓他在椅子坐下。

「這次輪到你接受測試。所有的問題請一律回答『不是』。」他拉起梅村的右臂，彎到背後。「如果答案說謊，這隻手就會被扭成麻花，所以請注意。」

「我剛才只是開個小玩笑。」

「你是否做過同班同學討厭的事？」

據說堂本從高中開始打了七年橄欖球。在球隊裡是扮演司令塔的接球中鋒。聽說還曾有企業球團來挖角，是個渾身筋骨隆起的壯漢。風間教場沒有任何學生敢頂撞他。

「對於我的問題請回答『不是』。」

「……不是。」

梅村短促的哀嚎，被吸進牆壁的吸音孔。

2

隔天，忍野等到傍晚去了訓練室。

堂本正在做仰臥推舉。忍野走過去直到仰躺的他能夠看見自己。

「為昨天道謝？」先開口的是堂本。「那就沒必要了。我只是湊巧經過音樂教室前。我並不是特地過去救你的。」

「但你的確救了我。」

「也許是長相太可愛才被人看扁了吧。你何不刻意試著隨時隨地做出凶狠的表情。」

「像這樣？」他皺起眉頭，抿緊雙唇。

「這麼誇張的表情反而會很假。你就沒有什麼無法原諒的對象嗎？如果有，不妨心裡想著那個人。這樣眼神自然會帶著冷意。」

就像橄欖球賽也是，那種眼中燃燒鬥志的對手反而沒什麼好怕的。真正可怕的是眼神冰冷帶著憎恨的傢伙。說完這番話後，堂本把臉轉向舉重槓片的架子。

「不好意思，可以幫我加重量嗎？」

「加幾公斤？」

「各加五公斤就好。」

把五公斤的槓片架設到槓桿兩端後，前橄欖球員開始推舉總重量超過一百五十公斤的槓鈴。鼓起的臉頰。粗重的呼吸。嘶起的嘴唇噴出細小唾沫，粗壯的手臂微微顫抖，一邊繼續挑戰推舉。

「你幾乎沒休息過吧。」

在這裡折磨肌肉是堂本的例行日課。這點忍野從以前就發現了。

「我習慣了。不做就渾身不舒服。」

把槓鈴放回架子，堂本坐起來。

「忍野巡查，可以告訴我你的身高體重嗎？」

在身材如此壯碩的對象面前，那個數字簡直丟臉得不好意思開口。如你所見——

他微微張開雙手，用這種動作和陪笑試圖敷衍過去。

「你每次去食堂都是吃什麼？」

「雞肉滑蛋蓋飯吧。」

「那個好。雞肉有助於恢復疲勞。分量呢？」

「通常是普通分量。」

「那你下次改吃大碗的。就算心裡不愉快，吃飽飯自然會忘記煩惱。只要先深深吐出一口氣，一氣呵成地扒飯就行了。」

堂本把手放在堅硬的方正下顎，視線瞥向遠處。或許以前橄欖球比賽落敗後他都是這樣做的。

「填飽肚子之後，記得要好好活動身體。否則最後只會變成胖子。——如果真的感謝我，能否答應我一件事？」

「什麼事？」

「從今天起，天天做肌肉訓練。警察如果身體不結實還得了。況且，等你身體練好了，想必也不會再被下流的傢伙看扁了。」

到目前為止他只使用過兩三次這裡的健身設備。佩戴警棍手銬和皮帶後，已經相當重。如果在派出所執勤時戴上全套裝備，就已等於平時在做肌肉訓練，所以事到如今他其實興趣缺缺。但是——。

「我答應你。」

在更衣室換好衣服後，他首先去的，是放血壓計的地方。

舉槓鈴之前，必須測量血壓和脈搏。先在個人病歷卡填寫這些數值後，再開始肌肉訓練。那是這裡的規定。

血壓測量要等一會才出來結果。為了避免等待時間太無聊，眼前設置了布告欄。瞥向那一角設置的「各委員通知」欄目時，他發現那裡貼了兩張風間教場的學生製作的文件。

一張來自休閒備品管理委員。內容是說運動器材室保管的棒球一壘手手套遺失。

另一張來自ＯＡ（office automation）實習管理委員。這張公告上明確使用「被人拿走」這種字眼報告電腦室的滑鼠不翼而飛。

這兩件，都是相隔五、六天接連發生的事。找不到的東西，都已經用得很舊了。棒球手套的小指處已經磨損到破洞的地步，滑鼠也是這年頭已很少見的軌跡球式。

除了這兩張公告，也附帶由校長署名嚴重警告偷竊或擅自取走學校備品的告示。

一般學校就算發生同樣的事件，想必也不會引起太大騷動。但在事事都根據嚴格規定運作的警察學校就不同了。物品的遺失，哪怕是再小的東西都是一大問題。

關於消失的琴槌，昨晚他已向助教朝永報告。只等校方同意張貼，想必也會貼出公告。

身旁站了人。光憑動靜他就猜到是千亞季。

「消失的是五號桌的滑鼠吧。」

公告上是這樣寫的。

「我被分配到的也是那張桌子。五號桌。萬一下次上課還沒找到該怎麼辦？」

千亞季一誇張地皺眉，似乎就更加凸顯她五官的美麗。她的身材也很曼妙。她用單簧管吹奏出的美妙音色，堪稱直接表現出她的容貌。

「是同一個犯人吧。」千亞季的食指抵著臉頰。

「我猜是。」

「在破手套和舊滑鼠之後，這次是琴槌嗎？如果沒有木琴可敲，把琴槌拿走也沒用。為什麼會有人想要那麼無用的東西呢？」

忍野只能納悶地打開自己的病歷表。

身高一百六十一公分，體重四十八公斤。以男生而言，這種弱雞身材勉強通過警校報考資格。可是體脂率卻超過百分之二十。萬一被人看到這個數據會很丟臉。

他一邊這麼想，開始填寫剛才測量的血壓和脈搏。但他握筆的手立刻停下。因為眼前掠過微小的閃光。

「mitt」，「mouse」，「mallet」。

——都是M開頭。

犯人盯上的該不會是英文有「M」的東西吧？

3

「通常人類的脈搏一分鐘大約六十到八十次。這是正常數值。」

或許平時就有做發聲練習。從消防署派來的講師，即便在寬敞的體育館，聲音也字字句句都能清晰傳入耳中。

「一分鐘的脈搏，可以將二十秒內的測量結果乘以三倍算出。請用有秒針的手錶正確測量時間，把結果寫下來。」

每月第二和第四個星期一，第二節課是「急救法」。

各小組分別集合，席地而坐聽課時，忍野一直很在意背後。因為風間往往會仔細觀察其他教官負責的課堂。果然，今天他也照例在後面靠牆環抱雙臂。

「那麼，現在按照小組分組，兩人一組實際測量脈搏。不過在那之前，我先請同學來示範一下吧。有沒有四個人志願上來？」

「坂根。」

立刻插入的是風間的聲音。

千亞季起立。烏黑亮麗的鮑伯短髮，兩側各有一撮髮絲輕盈彈跳。

「第一個是妳。剩下三人由妳來指名。」

「是。——那就……」千亞季的長睫毛對準這邊。「先請忍野巡查。」

五月二十四日，星期一。今天的教場值日生是自己。大概是因此才被選中吧。

抬腰正欲起身時，斜後方的堂本輕拍他的背部。

他微微點頭接受朋友的鼓勵，出列上前。

「接著是仁志川巡查和桐澤巡查，麻煩你們。」

指令是叫四人分成兩組互量脈搏。根據站立的位置，忍野和仁志川對上眼。千亞季自然應該會是和桐澤篤面對面。

仁志川走近之前，忍野不動聲色地變換站立位置，靠近千亞季。——這是為了對桐澤暗示「能否交換一下」。

桐澤擠擠眼，對他露出別有意味的淺笑。

他很想叫桐澤別誤會。因為他想和千亞季搭擋，只是為了解開疑問。

風間為何特地先指名千亞季，再叫她挑選三名男同學？用不著那麼麻煩，教官自己直接點名這四人不就行了……。

問起這點時，千亞季低聲回答：「上課之前，風間教官只有這樣吩咐我。是他叫我這麼做的。」

說完納悶地朝他歪頭。看來她似乎也不明白教官這樣吩咐的用意。

他把測得的千亞季脈搏數值寫在紙上。六十五。脈搏正常，所以她剛才的回答應該沒說謊。

這張紙，先呈交給風間過目之後，會全部交到身為保健委員的自己這裡，之後再發還給每個人。

他往旁邊一瞄，桐澤正把指尖放在仁志川的脖子。不愧是以前當過醫生，手勢很老練。

看著那一幕，腦中又有靈光一閃。仁志川，桐澤，以及自己。被點名的三個男學生，有一個共同點。

他正要捕捉腦海浮現的答案時，講師吹響的哨音，以及「好，到此為止」的話聲打亂了他的思考。

4

在廁所洗手台洗手的同時，忍野深吸一口氣再吐出。

這是第三堂「管區警察」即將上課前。風間的課總是令人特別緊張。他去的不是教場而是樓梯口。今天要使用模擬派出所。預定學習民眾撿到物品時的處理方法。

「忍野，坂根。剛才上課辛苦了。一回生二回熟，不如就請你們再示範一次吧？」

風間給的設定是由千亞季扮演一般市民，把撿到的物品送交給派出所的忍野。

模擬派出所旁，準備了一張小桌子。放在桌上的紙箱中，裝了演習用的小道具。風間命千亞季從那個紙箱取出有口金的袋狀容器。接著拿起同樣放在紙箱中的十圓硬幣，用手帕擦拭表面後交給她。

忍野在模擬派出所的桌前坐下。頓時又開始心跳加快。

上地域警察課之所以會緊張，是因為總讓他想起苦澀的過去。

就讀幼稚園時，他曾遭人猥褻。被一個肥胖的中年男人帶去神社境內的樹叢中脫掉衣服，摸遍全身上下。

到現在只要看到神社的鳥居，或是走進昏暗的樹林聞到潮濕的樹葉氣息他還是會怕。每次在報紙或電視看到性犯罪事件，也會憤怒得幾乎暈厥。

被中年男人拿走衣服，哭著不知如何是好之際，是派出所的巡查員警保護了他。當時感覺最溫暖的，不是毛毯也不是熱可可，而是警察叔叔的大手。

因為一直心懷感謝所以才會立志當警察，可是同時，每次看到派出所建築時當時的記憶就會倏然重現，令他心跳加快有點傷腦筋。

正當他的意識還半沉浸在遙遠的記憶之際，拿著小道具的千亞季已現身模擬派出所的門口。

「不好意思。我撿到這個。」

「請稍等一下。」

他從桌中取出拾得物品受理表，開始填寫。

其他學生圍成一圈旁觀他們。狹小的模擬派出所內擠得水泄不通。

「裡面有裝東西嗎？」

聽到他這麼問，千亞季打開袋子的口金。從中取出的，是剛才風間給她的東西——真正的十圓硬幣。發行年分是平成十七年（二〇〇五）。

千亞季的手指意外的短。和長度比起來顯得特別粗。

拾得物品是錢包。內有十圓硬幣一枚。他任由千亞季拿著硬幣，在受理表如此填寫時，風間平靜的一聲「不對」，從學生圍成的人牆中如箭矢飛來。

「……教官是指什麼？」

「填寫方式不對。」

他慌忙又回頭看受理表。是文字填寫之處有誤嗎？沒錯，「錢包」在「送交物品」欄，「10」在「金額」欄，二者都填寫得正確無誤。貨幣明細欄這項，也確實在「十圓」這一格填寫了硬幣枚數「1」。

「請問是哪裡不對？」

「連這個都不知道，虧你能當警察。」

他無話可說。

「還沒發現嗎？」

「……是的。對不起。」

「那就當作課後作業。下次上課前，你好好想想到底是哪裡有錯。」

他的身體僵直，無法抬起視線。嘶啞回答的那聲「是」，不是對著教官，只是對著受理單做出口形。

5

「管區警察」課結束，來到倉庫準備把小道具放回去時，他忽然想起一件事。

他把道具箱先放到一旁，雙手撐地。閉上雙眼，只去感受地板磁磚的溫度，開始做伏地挺身。

做完最後的第二十次睜開眼時，不知幾時視野邊緣已出現擦得晶亮的皮鞋鞋尖。

「被人撞見你在轉原子筆嗎？」

他還沒抬頭看，頭上已落下聲音，是風間。記得學校規定如果拿文具用品玩的確是要處罰伏地挺身二十下。

「不是。我只是怕自己忘了。」

每天做肌肉訓練——和堂本的約定，昨天並未做到。他簡短說明原委後，風間露出淺笑。

「既然如此，我剛才出的課後作業也要早點完成。——對了，學校備品相繼遺失的事，你知道嗎？」

忍野站起來，再次拿起道具箱時，呼吸有點喘。「知道。」

「你應該不是犯人吧？」

「不是。」

風間的視線定著在他的雙耳。

「犯人應該是我這個教場的學生。」

——為什麼可以這樣斷言？

他當然不打算這麼問。風間不僅經常瀏覽他命令學生寫的詳細日記，而且觀察力敏銳得嚇人。想必連犯人是誰都已經猜到了。

「那傢伙下次要偷的是這個。」

風間朝忍野這邊伸手。從紙箱中拎起那個有口金的錢包。

「就是這裡面的東西。」

換言之，是剛才上課使用的十圓硬幣。

「十圓硬幣」，「硬幣」，「貨幣」，「金錢」——這樣依序在腦中排列單字後，「金錢」和「money」劃上等號。

M開頭的單字。前幾天發現的答案看來應該沒錯。

「如果就之前的例子判斷，應該在這一星期之內就會下手吧。」

「那該怎麼辦？要把硬幣藏到別的地方嗎？還是把倉庫動手腳鎖起來？」

「動手腳吧。但是不是鎖住。」

「教官的意思是？」

風間微微露出潔白的大牙。他的表情在說，要動的手腳是陷阱。

「故意讓那人偷。」

「那要怎麼監視？」

這似乎是個蠢問題。不可能二十四小時都讓人守著。可是如果設置監視器之類的東西，犯人又會提高警覺不敢靠近。

要讓對方自由偷竊。不過，也要事先設下陷阱，讓對方動手偷竊時留下某種證據。然後抓住那個人的狐狸尾巴，慢慢收緊繩子，靜待對方投降。那似乎就是風間的目的。

「可是這次的物品，和之前的東西性質不同。」

「教官的意思是，硬幣有替代品是嗎？」

平成十七年製的十圓硬幣發行數量有多少？想必多達幾千萬甚至幾億。硬幣不像紙鈔那樣有連續編號。可以說日本全國到處都散落著同樣的東西。說不定自己的錢包裡也有。

「沒錯。——這週五的第三堂課是什麼課？」

「鑑識搜查。」

「什麼內容？」

他在腦中回想事先拿到的課程大綱。「我記得是關於如何採集指紋。」

「到時候，會安排把這個口金零錢包交給講師。」

他大致明白風間的言外之意了。

犯人偷走學校的十圓硬幣後，或許會從自己的錢包取出同樣的硬幣調包。調包時如果沒有戴手套，犯人的指紋就會留在調包的硬幣上。風間就是要調查那個。如果根據此刻的推論邏輯，那枚硬幣採集到的最新指紋將是犯人的。

「為了比對，教官打算採集全班同學的指紋嗎？」

「沒那個必要。——鑑識搜查課的講師是科警研的又吉研究員吧？」

「是的。」

「他那邊由我來通知。雖然這個方法有點迂迴，但也沒辦法。」

6

教場的值日生，每天傍晚有義務清掃他們所屬的第三教場。

他拿抹布擦拭時偶然抬頭，教室角落掛的「心眼」二字映入眼簾。那是教場訓詞。想必是出自風間之手，字跡漂亮得令人忍不住想脫帽致敬。

同時，也幸運地想起一件事。上急救法那堂課時被千亞季點到名字，包括自己在內的三名男學生。三人的共同點。

忍野在教場訓詞下方張貼的各種委員一覽表前駐足，再次凝神細看。

休閒備品管理委員——仁志川鴻

OA實習管理委員——桐澤篤

他看了兩次，的確是這樣沒錯。

打掃完畢，吃完晚餐後回到「先驅三舍」。但他沒有回自己的寢室。他去的是位於一樓大廳的圖書室。

《派出所文件製作指南》、《管區警察實務要諦》、《警察必讀．工作容易忽略的盲點》……。

他從書架挑選可能有用的書抽出。如果光是閱覽的話不用辦理借書手續。他抱著六本書，準備去隔壁的自習室。

他之所以停下腳，又走向借書櫃檯，是因為看到那邊有個魁梧的背影。

「辛苦了。」

沒有圖書委員這個職稱。借書手續和教場值日生一樣由學生每天輪流負責。今天坐櫃檯的堂本，一如往常，用宏亮的大嗓門回了一聲「嗨」。

他拿不定主意是否該問「你怎麼了」。堂本的樣子有點不對勁。聲音雖然一如往常，眼神卻有點渙散。

「今天身體有點酸軟無力。」大概是察覺忍野的想法，堂本用辯解的口吻說，誇張地做出虛弱的神情。「也許是最近太累了。」

「那你該好好睡一覺。還有，也要小心別做太多肌肉訓練。」

他走進自習室。從後方一眼望去，室內沒有別人。

和訓練室一樣，這裡也設置了布告欄，他朝那個看去。上面張貼著自己寫的琴槌遺失公告。確認公告的確被貼出後他才就座。他選的，是上半身只要稍微左傾就能看見堂本的位置。

拿進來的六本書之中，他先打開第一本。在模擬派出所寫的受理單到底是哪裡錯了……。

即使過了三十分鐘，攤開的筆記本依然是空白的。只有用手指轉自動鉛筆的動作越來越快。

那枝筆突然消失。

「抓到了，伏地挺身二十次。」

抬眼一看，梅村正在奸笑。中內也在一旁。

「——不過這個規定太不通人情了。我看不如改成這樣吧。」

梅村的手，夾緊忍野指間的自動鉛筆。而且還用雙手包住他的手，就像要捏飯糰一樣施加壓力。手指側面的肉很薄。一旦被擠壓，就感到自動鉛筆直接壓迫骨頭似的劇痛。

「你別這樣。」

「忍一忍。凡事都是學習嘛。這種處罰可是以前警察的做法喔。」

「對。」中內插嘴。「是特高[3]。戰時的做法。」

「很痛啦！」

這次他的身體左傾，也扯高嗓門。堂本緩緩扭身。他應該清楚看見了自己被梅村握住的手。

然而堂本並沒有要起身的意思。梅村和中內肯定也是敏感察覺今天「保鑣」失靈，才敢對他這樣做。

梅村的手終於鬆開。忍野把疼痛的手指抱在腹部，彎下上半身。

或許是一直在憋笑，梅村兩人的肩膀微微顫抖。比起兩人的背影，他更在意堂本的樣子。他用已經瘀青的手指繼續翻書，終於找到作業解答時，已經過了晚間八點。

圖書室的借書時間也過了，堂本不知幾時已消失，忍野也走出自習室。

風間出的作業完成了，但是除此之外，還有另一個問題必須找到解答。

仁志川和桐澤分別是手套和滑鼠的報失者。而自己也同樣向學校報告了琴槌遺失。急救法那堂課，風間叫出來站到學生面前的人，都是和校內備品連續遺失事件有關的學生。

犯人肯定記得每次遺失事件的報失者。

那麼，風間企圖藉此做什麼呢？

回到寢室，他首先做的，是翻閱風間交還的那疊紙。是當時上急救法時，測量學生脈搏數值的紀錄用紙。

六十五，六十八，六十三，七十一……。每個人的脈搏大致是六十幾。最高也在七十出頭。

在這之中，如果有人的脈搏是八十幾甚至九十幾，那意味著什麼？那表示，此人很可能和校內備品連續遺失事件有關……。

3　特高，特別高等警察。明治末期至昭和時代取締政治運動和思想的祕密警察。

7

五月二十八日星期五的教場值日生是桐澤。第三堂「鑑識搜查」課時，把那個小道具箱搬來教場的也是他。

將箱子放在教桌後，桐澤走過來。

「你後來知道了嗎？受理單到底是哪裡不對？」

「嗯。在我去圖書室翻了整整六本參考書之後。」

「答案是什麼？」

「不能寫『錢包』。要寫『口金零錢包』才正確。」

為求正確，必須嚴密區別二者。

「原來如此。」

可以窺見桐澤的眼中露出喜色。對於向學心切的學生而言，即便是任何瑣碎蕪雜的知識，照樣多多益善。

「被嚴格要求也是一種鍛鍊。因為風間教官的授課總是有多重目的。」

桐澤留下這句話回到自己座位後，講師立刻進來了。又吉四十幾歲，是個看起來就很豪邁開朗的紅臉漢子。

同時，教場後方也響起開門聲。進來的會是誰，不用轉頭看也知道。

「那現在就實際利用學校的物品來採取指紋吧。」

又吉戴上白手套。放在講桌上的備品箱。他從中取出的是口金零錢包。

打開口金零錢包，緩緩傾倒，一枚十圓銅板掉落在又吉的手中。

接著又吉打開的是容器的蓋子。容器裡裝的似乎是鋁粉。他用棉球沾粉，輕輕刷過硬幣。徹底塗滿粉後，用刷子刷去多餘的鋁粉。

於是在硬幣背面，清楚浮現一個幾乎覆蓋「十」這個數字的指紋。就大小看來，應該是大拇指的指紋。

把透明膠帶貼在指紋上，輕輕按壓以免空氣進入。撕下膠帶後便採到了指紋。

「出現了。這會是誰的指紋呢？」

忍野面向正前方，暗自用想像力掃視背後的學生們。這當中應該有一人。一個明顯臉色發白的人——。

「我認為是我的。」站起來的是千亞季。「因為上次上課是我拿在手裡。」

「那我們來檢查看看吧。」

又吉在千亞季的大拇指塗滿鋁粉，讓她按在薄片上。按照剛才的手法刷去多餘的粉末，將指紋保存在膠帶後，拿放大鏡開始比對。

不用十秒就得出鑑定結果。

「沒錯。」又吉抬起頭說。「是一樣的指紋。」

這時忍野忍不住向後轉頭，望向風間。

雖然計畫落空，但風間的表情毫無變化。

「那我們繼續上課。——事實上，人類還有很多地方和別人不同。嘴唇的唇紋也和指紋一樣各不相同。還有一個東西大家不太知道，額頭的額紋其實也是如此喔。另外還有什麼呢——就是這個。」

又吉把自己的手臂伸到鼻尖前，做出嗅聞的動作。

「是體味。警犬能夠追犯人，也是因為每個人身體散發的氣味都不一樣。所以體味也比照指紋被稱作味紋。」

又吉突然露出不懷好意的眼神，接著又說：

「現在不如來體會一下當警犬的感受吧。請你們男生找男生，女生找女生，兩兩一組，互聞對方的體味。就算噁心得想吐，我也不負責喔。」

只響起微弱的笑聲。看來大家是真的很不情願。

「沒聽見又吉教官說的話嗎？動作快！」

風間的一句話，讓大家彈起來似地開始分組。

忍野和堂本一組。

堂本高大的身體彎下腰，把臉湊近忍野的胸口。只見他的動作霎時停止，隨即用手掩口。分明是想吐。

忍野對著又吉及風間舉手。

「堂本巡查好像身體不舒服！我帶他去醫務室！」

他不等教官回答就往外走。摟著格外寬闊的肩膀，小跑步奔向有自來水的地方。

堂本抬起頭。原本嘟起的嘴唇張大，粉紅色舌頭從喉嚨深處伸出。接著背部劇烈起伏，午餐剛吃下的麵包和湯已吐進水槽。

「本來至少還有身體強壯這唯一優點，真丟臉。」

他把手放到堂本僧帽肌隆起的寬闊背部。不要緊，我不會告訴任何人——他自認已透過摩挲背部的動作，悄悄傳達了這個意思。

8

第一個抵達音樂室開始練習口琴不久，後方的門又開了。

「我剛才去看過堂本了。」

風間把手揹在身後，視線有點低垂地走過來。

「不愧是健康寶寶。他好像已經完全沒事了。他說沒胃口所以不吃晚餐，不過等到放學後，他今天好像也會去訓練室。」

「謝謝教官。」

他表達身為堂本好友的謝意，風間微微點頭。

「接下來我要說的都是自言自語。你什麼都不用回答。繼續練習你的樂器。」

忍野決定聽命行事。

「你查閱急救法那課堂測量的脈搏數值，找出了校內備品連續失竊案的犯人。」

他好不容易才按捺住沒走音。

「這是一個很好的著眼點。當時站在眼前的三名男學生，正巧都是備品遺失事件的報失者。如果是犯人，應該會立刻會醒悟，自己正被試探。因為這世上想必無人在這種時候還能夠保持正常的心跳脈搏。」

他抿緊雙唇，努力不讓吐氣分散。

「問題在那之後。沒想到，你竟然想保護那個犯人。於是，為了不讓他或她的指紋被驗出，你事先從模擬派出所用的那個口金零錢包取出十圓硬幣。當然，你很謹慎地戴了手套，沒有留下多餘的指紋。順便，也沒忘記從自己的錢包取出另一枚硬幣放進那個口金零錢包。」

接著的幾小節，也勉強吹奏出來了。

「而且在犯人偷走硬幣後，你又把一開始沾有坂根指紋的十圓硬幣放回去。」

這時他的吹奏終於出錯。嗶——等到走調的樂音消失在吸音牆，他拿開嘴上的口琴。

「我不是叫你繼續練習嗎。」

「我做不到。——教官如果有話對我說，請直接說出來。」

「那我就說了。那樣算是真正的友情嗎？你要好好看清楚。」

「用『心眼』，是嗎？」

音樂社的成員蜂擁而入。發現風間後，大家一齊敬禮，然後各自開始練習樂器。

「犯人為何要偷走那一連串物品？」

風間的聲音推開室內亂舞的音符清晰傳來。

「因為是M開頭。」

風間嗤鼻一笑。「那有什麼意義？」

他答不出來。犯人的名字拼音也是M開頭。能夠想到的，好像頂多只有這一點。

「十圓硬幣是M？嚴格說來應該是C才對吧。」

的確，比起money，用coin來指稱更合理。

「你還不明白嗎？」

被風間的視線鎖定令他很惶恐。雖然一直這麼感覺，但其實風間看的是更前方的某人。

不用回頭也知道，風間注視的那個人是誰。因為那邊傳來單簧管的聲音。流暢吹奏那樂器的，肯定是千亞季。

「今晚我會命犯人退學。從此就剩你一個人了。你做好心理準備了嗎？」

9

這是大家用晚餐的時間。訓練室裡應該只有堂本在。

門口掛的牌子顯示「開放中」。

他拉開門走進訓練室，忽然心生一念，又退出去。他把牌子翻面，將「清掃中，請稍候」這行字對著走廊。他不希望被任何人打擾他與堂本的告別。

正要再次走進去時，意外發現有個人影從訓練室出來。對方沒發現他。匆匆消失在走廊轉角的身影，是美浦。

錯身而過時，美浦口中念念有詞。

——卡馬忒，卡馬忒，卡歐拉，卡歐拉……。

聽起來好像是這樣。

堂本今天也在練仰臥推舉。察覺他進來，堂本保持仰臥的姿勢，只把臉扭過來。

「剛才謝了。」

忍野搖頭。他只是陪堂本去醫務室。小事而已。抑或，堂本現在說的，是針對他調包硬幣的行為？若是那樣，那才真的用不著道謝。

「身體怎樣？」

「好像還是很累。睡了一會之後好多了。」

「不要逞強，還是多休息比較好吧？」

「不，我已經能動了。——哪，你這樣試試。」

堂本從長凳起來，張開雙腿腰部下沉。彎起膝蓋，兩手撐著膝蓋。有點像相撲選手要做「四股踏[4]」時的姿勢。

他姑且先照著做。

一手拍打另一邊的手肘念誦「卡馬忒，卡馬忒」。接著，左右手交換念誦「卡歐拉，卡歐拉」。堂本表演那種動作和台詞，不時還加上用力踏地的動作。

「這是All blacks[5]出賽前跳的戰舞哈卡（Haka）。你應該看過吧？」

「嗯。你該不會剛才也教過美浦巡查？」

「對。那傢伙愛磨蹭，不是每次都惹得助教不高興嗎。害我們全組也跟著倒霉。」

記得曾經聽說，哈卡舞那種吶喊助威，會促進男性荷爾蒙分泌，使人變得具有攻擊性。順帶一提，好像也能增強性慾……。

模仿有名的橄欖球隊後，忍野在堂本身旁雙手撐地。

堂本勸他在能夠輕鬆做到二十次伏地挺身之前，不要嘗試仰臥推舉。他很感激這個忠告。瘦弱的自己，要做正式的重量訓練還太早。否則槓鈴掉落胸口，壓扁胸骨，繼續滾動，壓迫脖子——不能老是讓人家那樣想像。

做完二十下，他拍拍雙手撢去灰塵。堂本也配合他的動作鼓掌，紅通通的臉上浮現笑容。那個表情有點不上不下，大概是因為還抱有疑問吧。堂本在懷疑，之前上課時，十圓硬幣為何沒有自己的指紋。

那次上急救法分發的紙上。「堂本真佐丈」的名字下方紀錄的脈搏是「九十二」。學生當中只有一人的心跳特別突出時，他或許也是一個人如此滿臉通紅。

不管怎樣，即便到了這個地步，堂本還在堅持每日必做的肌肉訓練，或許該說他神經大條？他似乎沒預料到自己今晚將有什麼命運。

「恭喜你，忍野巡查。你做到了。」

4　四股踏，雙手撐膝輪流抬高左右腳用力跺足。用來驅趕惡靈、邪氣，也向對手示威。
5　All blacks，紐西蘭橄欖球隊的暱稱。

「如果只是二十下還好啦。」

「我不是說伏地挺身。」堂本縮起身體，擺出凍僵的樣子。「是凶惡的臉孔啦。冰冷的眼神。」

「那要拜某人所賜。——我走了。」

忍野沒有說再見就轉身離去。

10

結束晨跑，意識早已清醒，卻喘不過氣。

五公里的距離，對他而言已經不算太長。但是要在規定的三十分鐘以內跑完，還是有點吃力。

接下來等著的，是種花作業。

連花朵尚未凋謝的盆栽都被命令更換。理由是一個月之後縣府警察局局長預定來校視察，果然很像這個組織的作風。就和使喚學生在週六工作，還要冠上「校內美化促進運動」這種冠冕堂皇的名目一樣。

朝永吹響作業開始的哨音。

忍野和大家一樣跑向宿舍樓梯口。在那裡換上高筒雨鞋，戴上玄關口備妥的粗棉手套，拿起花鏟。

大概是叫他們如果看到垃圾也得順便撿拾。還規定他們每人都得拿一個塑膠袋。穿雨鞋很難跑。抵達他負責的花壇區域之前，好幾次差點跌倒。

需要替換的盆栽，已事先插上免洗筷做記號。

就棵數而言，校內到底種了多少花？和同期入學的荒川教場學生共同進行的這項作業，一人負責十棵，但他幾乎毫無接觸泥土或花木的經驗。恐怕無法輕易完成。

從花盆取出秋海棠，把根部包覆的泥土掰開。用剪刀剪去受傷發黑的鬚根。生疏的作業果然頗費工夫，轉眼已過了一小時，到了午餐時間。

領到學校訂購的便當，這次他走向升旗台背後的石階，走到最上層坐下。

半徑五公尺以內沒有任何人。一如此刻腦中吹奏的披頭四的曲名《*Nowhere Man*》，他一個人孤零零地用餐，因此得以迅速吃完。

石階的最下層，梅村和中內正笑得東倒西歪，連飯粒都從嘴裡噴出來。

——今後，只剩你一個人了。你做好心理準備了嗎？

風間說過的話取代披頭四在意識中重現，他斜著走下石階。他要去的，是飲水台所在的一角。

設置在那裡的花壇邊，女學生正並排坐著動筷子。幸好千亞季坐在最邊上，旁邊還有空位可坐。

可以坐妳旁邊嗎——他還沒來得及這麼問，千亞季已抬起頭，對著他拍拍自己的旁邊。

他坐下後搜尋的是風間的身影。據說風間很擅長照顧植物，可是他今天好像沒來。

太陽已高掛中天。氣溫高得可以穿短袖。但身體還是不由自主打個哆嗦。或許是因為強烈感受到某種視線。彷彿從假眼後方看穿一切的，冷酷的視線。

「說不定，」忍野把頭轉回千亞季的方向。「東西會回來喔。」

「什麼東西？」

他用左右手的食指敲敲自己的大腿。對方似乎理解了他這個動作是指琴槌。千亞季滿臉放光地放下筷子。

「因為找到犯人了。」

千亞季沒問犯人是誰，只是簡短回答「那就好」，這種反應似乎將她的個性表露無遺。

「妳已經吃完了？」雖然看了就知道，他還是沒話找話地問道。

千亞季點點頭，啜飲飯後茶。

「那我拿去扔吧？」

他張開塑膠袋，遞到千亞季面前。但就在她要把便當盒扔進去的前一秒，他忽然收緊袋口。

「女孩子最好不要隨便丟垃圾噢。因為說不定會有那種人。」

「哪種人？」

「偷偷撿走妳剛用過的筷子，猛喘粗氣暗自興奮的人。」

一如往常，千亞季誇張地對他皺起眉頭。

「就算真有那種人，也不可能在這間學校。」

千亞季站起來。烏黑亮麗的頭髮兩側各有一撮髮絲順勢彈起。那讓他想起急救法那堂課。真正擾亂堂本心理的，或許並非當時被選中的三個男生，而是點名三人出列的那個女學生。不，甚至可以斬釘截鐵地斷言，他就是被千亞季強烈吸引。

為什麼這麼簡單的事卻一直沒發現呢？堂本偷走的物品有個共同特徵。那就是都被千亞季剛碰過。

「對，不在。」

忍野輕輕微笑，再次張開塑膠袋的袋口。

第二話

罰則

1

摺完毯子和床單，津木田卓在床邊坐下。

或許是因為太累了，小腿發硬。他一邊搓揉，一邊讓大腳趾往腳背翹。這樣重複數次之際，不斷深呼吸。

斜眼瞄去，月曆上的日期是六月十六日，星期三。今天輪到他當值日生，想必有種種麻煩。最主要的是，一想到第二堂預定要在泳池上的救難訓練課，心情就格外沉重。

他穿上運動外套，在早上六點整走出寢室。走廊的牆壁和柱子每隔幾公尺就設置了鏡子。他每次使用的是三樓樓梯旁的那面鏡子。

和鏡子一起張貼的，還有題為「正確敬禮範本」的告示。

● 手指併攏伸直。

● 大拇指微彎，緊靠食指。

- 手掌不得彎曲。
- 食指尖端抵在前額右邊二公分處。
- 手腕保持水平。
- 手肘內側前端與胸部幾乎平行。
- 手肘與肩膀幾乎等高。

他按照列舉的注意事項試著敬禮，果然，臉孔格外僵硬。眼睛吊起，嘴角下撇。這張臉已經看了二十二年所以自己很清楚。只要覺得恐懼時就會出現這個特徵。

水深三公尺的泳池。萬一又在泳池正中央小腿抽筋該怎麼辦……。

結束五公里晨跑和清掃工作後，他前往食堂。

把餐券交給點餐櫃檯時，他發現助教朝永恩美坐在餐盤歸還口附近的位子。四目相接。這個位置要道早安太遠了，所以他只行個禮，隨即環視食堂內搜尋要坐在何處。

距離櫃檯不遠的位子上，坐著同屬第六組的秦山達樹。此人身長腿短。而且走路內八。說到穿制服之難看堪稱全班第一。不過，經常看到他利用走廊的鏡子練習指揮交通的手勢，這點倒是相當令人敬佩。

「早。」

領到自己要的A套餐，他在秦山的對面坐下。

坐下後才發覺，坐在左側的是個國字臉、大腹便便已是中年體型的男人。此人是同樣屬於第六組的乾。

分開免洗筷之前，他按照老習慣先拿到鼻前。聞木頭味可以緩解緊張。因為那會讓他想起無憂無慮的童年。五歲左右時，他常帶著便當跟隨做木匠的父親上工，整天不知厭倦地看著父親工作，那段歲月令他分外懷念。

「早安。」

秦山回話時，今天也同樣類似機械聲音。據說他在不動產公司工作過一年。也許是厭煩了職業性微笑，在這裡，他幾乎從不流露感情。即便是教官不合理的命令，他也能抹殺自我默默聽從，大概想藉此熬過這痛苦的半年吧。

下課時間上廁所時，就會目睹秦山的怪癖。平時他夾雜在眾人之間正常小便，但有時他會在廁所門口默默等待。直到廁所都沒人了，才獨自站在小便斗前。

唯有那個行為，到現在還叫人摸不著頭緒。他曾問過秦山本人一次，但秦山沒回答。

津木田用右手拿起味噌湯碗。抬起左手要拿筷子攪動湯中的配料。就在這時，屈起的手肘碰到旁邊的乾。

「抱歉。」

他連忙道歉並以眼神示意，但是乾的回應，卻是明顯地「嘖」的一聲。此人似乎練過空手道，有時會比出空手道「寸止[6]」的動作嚇唬對方，是個很難纏的傢伙。過去有兩次真的被打到，那時乾也完全沒道歉。

乾有個怪癖，喜歡把東西放在桌子邊緣。上室內課聽講時也是。他不巧和乾比鄰而坐，所以很頭痛。記得有一次，他只是衣袖輕輕碰到，乾的鉛筆盒就掉到地上。當時乾也是毫不客氣地嘖了一聲，而且他還得辛辛苦苦把散落地上的文具一一撿起。

秦山大致吃完，作勢準備起身離席。

「等一下。——秦山巡查，你這樣試試。」

他交握雙手，筆直伸出食指。左右指間相隔約一公分。

「幹麼？」

6　寸止，攻擊點到為止，在距離對方一寸時收手，或僅輕觸對方。

素來面無表情的秦山，也因他這突然的要求露出詫異的眼神。但是眼中一隅流露戒備的同時隱約可窺見好奇的神色。

「你先做就是了。」

秦山放下筷子，交握十指。津木田把自己的指尖抬高到與眼睛等高，秦山跟著照做。

「然後，食指放鬆力氣。」

秦山的肩膀稍微垮下。可以感到他正從鼻子緩緩呼氣。

「接著凝視指尖。」

秦山的雙瞳湊近中央。

「最後，在心中如此默念。——指尖會漸漸黏合喔。漸漸黏合。輕輕黏合。黏合。好，黏起來了。你瞧，黏住了……就這樣。」

秦山嘟起的嘴唇微微顫動。證明他正在複誦津木田剛剛教的話。

不久，秦山的兩根食指開始緩緩倒向內側，最後無聲地相觸。

「簡單來說，」他說著，猛然把臉湊近依然一臉不可思議交握手指的秦山。「我現在想說的是，言語的力量，或者說暗示的力量，其實不容小覷喔。所以秦山巡查，接著你一定要這樣默念。」

津木田指著秦山的盤子。

「我愛吃蘆筍，蘆筍是我愛吃的東西。」

放在秦山面前的，是以牛肉漢堡排為主菜的C套餐。配菜是番茄和綠蘆筍沙拉。紅色的部分被吃得乾乾淨淨，綠色卻依然原封不動留在小碗中。

秦山的視線掃向盤子，隨即再次抬起。津木田把指尖往旁一指，誘導他朝櫃檯看。

「懂了吧？看看餐盤歸還口那邊有誰在。」

「……嗯。」

「萬一被發現了，肯定會被削一頓。」

朝永坐在那個位置，就是為了確認風間叫場的學生有沒有把食物吃乾淨。就算是其他學生代為吃掉，被發現了照樣會受到雷霆之怒。

這個時期，無論點哪種套餐都會附贈一顆小小的夏蜜柑。朝永同意可以不在食堂吃掉帶回宿舍的，只有那顆水果。除此之外，除非有身體不適等特殊理由，否則在助教面前嚴禁有剩飯剩菜。

處罰不是拔草就是掃廁所。再不然就是伏地挺身或跑步。選哪一樣全看朝永的心情，如果光是因為「不愛吃」這種理由就剩下什麼菜，肯定會被處罰。

說到這裡才想起，今天朝永的課也在第三堂。之前都是週四上逮捕術，但從這個六月起改為週三。其他縣市是怎樣不知道，但這所學校經常變動課表，相當傷腦筋。

「你聽見了吧？拜託配合一下。否則連我們都會倒霉。」

處罰通常會採取以小組為單位的連坐制。

「況且，今天都是要用體力的課程。最好先盡量填飽肚子。」

除了救難訓練和逮捕術，第一堂課預定要上的是街頭巡邏實習。相當累人。

早午晚三餐，A套餐都是蛋包飯，B套餐是烤魚，C套餐是牛肉漢堡排。套餐的主菜一年到頭都是固定的。但是配菜會每週更換，通常不是在週一更換而是在週三。好像是跟食品供應商送食材的時間有關才會如此。週三按餐券販賣機的按鍵是一種賭注，就算拿到的菜不愛吃也無法抱怨。

賭輸的秦山，望向蘆筍的視線頗有一番鬥志，可是仍不足以讓他動筷子。

今天的A套餐配菜是紅燒海帶芽和竹筍。津木田用筷子夾起形狀很像蘆筍的竹筍，做出狼吞虎嚥的架勢，催促秦山也快點吃掉。

2

設置在柱子上的室內溫度計指向三十度整。津木田把領口的拉鍊稍微拉低，排出淤積在肌膚和毛衣之間的熱氣。

男女生都只穿著一件及膝連身泳衣站在泳池邊，只有他一人上下服裝整齊，感覺很奇怪。最主要還是熱得要命。如果沒有被事前要求值日生必須穿運動服出席，他早就把衣服脫掉了。

教官貞方說完今天的課程概要後，視線和他對上。教官尚未努動下顎示意他出列，津木田已自動跨出一步。

「面向大家，捏住鼻子。」

他聽命行事，眼角餘光望向貞方。

曬得黝黑的粗脖子上方，是剃成平頭的小腦袋。發達的大胸肌用力頂起T恤的單薄布料。支撐上半身的大腿，就像併排放著兩個橡木桶，勾勒出令人崇拜的強壯曲線。

「還有嘴巴也是。在我說可以之前不准呼吸。就算你偷偷呼吸也會立刻被發現。」

貞方是大嗓門，所以就算自以為是正常音量在講話，聽起來也像怒吼。貞方那樣的聲音在室內泳池的牆壁產生回音，聽來更加有壓迫感。

捏住鼻子的左手也罩住嘴，接著再把右手覆蓋在左手上方，立刻感到窒息。一方面也是因為泳池瀰漫強烈的氯氣氣味，視野因隱約滲出的淚水而模糊。

眼前漸漸發黑時，貞方終於比出「可以了」的手勢。

「注意看津木田的臉孔。秦山，你看到什麼？」

「他滿臉通紅。」

「對。這是溺死者的臉孔。」

就和活人如果停止呼吸會臉紅是同樣道理，溺死者的臉孔也會因為瘀血而發紅。

貞方這麼補充說明後，從幾乎可感到彼此呼氣的近距離與他四目相接。

「你也想看看自己的臉是什麼樣嗎？」

「是。」

「那邊就有鏡子喔。是五十公尺乘十五公尺的特大號鏡子。」

貞方的意思，似乎是叫他看泳池水面的倒影。津木田走到泳池邊緣的位置，雙手撐膝湊近水面低頭。

隨即，腰部一陣輕微的衝擊。他被貞方踹了一腳。醒悟到這點，是在他一頭栽進水中，翻了一個跟斗勉強直起身子之後。

他是被故意推落水中，就算走到池邊想爬上岸也沒用。他只能原地划動雙腳開始踩水。

「我問你們一個問題。」貞方背對著他。「如果穿著衣服掉進深水時，首先該怎麼做才正確？」

「應該原地不動。」

並排站在池畔的學生中冒出這樣的聲音。

「答對了。衣服可以充當浮袋。所以不要慌張掙扎，保持靜止就行了。」

配合貞方的講解，津木田停止雙腳的動作。

「可是，不用多久衣服就會開始吸水。」

的確如他所言。運動服已經完全無法發揮浮袋的作用。渾身像被水藻纏住一樣，感覺很沉重。

「這時你會怎麼做？」

他好不容易才浮起，已經無暇注意池畔了，但此刻貞方的問題，似乎是在問他。

「不知道。」

「動腦子想想！如果不想溺死的話。現在你想要什麼？」

「……浮袋。」

「那你何不自己做？你不能利用手上現有的東西嗎？」

津木田脫下運動褲。把左右兩邊的褲腳用力綁緊，按照揮舞捕蟲網的方式讓空氣從褲腰進入。然後放回水中，總算可以當成浮袋的替代品。

「好。你算做得很不錯。」

貞方一邊向大家說明，同時也比手勢叫他立刻脫掉運動外套。他再次靠近池畔，聽從指示。

「這是被水沖走時的應對方法。記住。」

學生們回答的尾音尚未消失之際，貞方又打了一個響亮的彈指。命令全體下水，按照分組各自集合踩水。

「接著是潛水練習。我喊三二一，一的時候就潛到池底。盡可能在水中待久一點。一分鐘之內就冒出水面的傢伙，我會讓你再沉下去。第一個冒頭的窩囊廢所在的小組要接受處罰。」

貞方環抱粗壯的雙臂。他是縣警局特別救難小組（俗稱P–REX）派來的教官。他似乎把自己的訓練用具也帶來學校，午休時間經常看到他在這棟術科大樓一樓的中庭鍛鍊肌肉。他的努力沒有白費，隆起的背部肌肉，令他逆光時的剪影就像是背著龜殼的怪物。

「剛才從外面看術科大樓的窗戶，好像挺髒的。墊底的那一組，今天吃完午餐就給我過來擦玻璃。要用濕抹布好好擦，直到這棟建築在夜裡也亮得耀眼。」

準備好了嗎，要開始囉。三——二——。

貞方還沒說完，津木田就已經深呼吸三次後憋住氣。因為之前學過，這樣做可以提高從鼻腔到肺部蓄積的氧氣濃度。

——「一！」的口令一下，他和其他學生一起把頭沉入水中。

到達水深三米的池底，他不禁皺起臉。耳朵深處一陣劇痛。是因為頭部向下潛降。這個姿勢難以讓耳朵減壓。這點，之前上課明明有經驗，他卻徹底忘了。

更傷腦筋的是無法繼續呼吸。按照體感推估，時間已經超過一分鐘。沒辦法再繼續潛水了。津木田直起身子，朝著水面踢池底。

但就在他浮起的途中，被某人拽住手臂。定睛一看，是乾伸出手。此人水性極佳。據說他大學畢業後回到位於離島的老家，在漁船上做了幾年工作，擁有可以潛水長達三分鐘的特長。

乾藏在蛙鏡後的眼睛帶著譴責。

——你會害大家跟著倒霉。

津木田陷入恐慌，胡亂踢動雙腳時，感到腳跟踢中某人的身體。只見秦山的嘴巴在水中冒出巨大的泡泡。好像踹中秦山的腰了。但他當然已無暇道歉。

驀然間，被乾拽住的手重獲自由。是身旁有人出手相助。雖然水壓令臉部輪廓微妙改變，他還是一眼認出那是桐澤篤。此人以前是醫生，風格與眾不同。桐澤大概判斷當下事態危險。

謝了。他用眼神如此對桐澤示意，朝著水面伸臂划水。

就在即將冒出水面的瞬間，額頭被巨掌一把攫住，又推回水中。透過泳帽感受到的手指觸感就像厚實的牛排肉。

「四十六！四十七！四十八——」

把臉孔緊貼水面的貞方，怒吼般報出的數字，顯然是開始潛水後經過的時間。

還有十秒之久嗎——。不行了。津木田胡亂舞動手腳拚命掙扎。

會被殺死。當他真心這麼想時，貞方的手終於鬆開了。

3

誰該負責哪一層樓，由第六組的五名成員抽籤決定，結果自己抽到「四」，這不算上上籤也不算鬼王。因為從一樓到五樓，每一層的玻璃數目都一樣。

一早就天氣晴朗，但是到了下午風勢變得很強。

津木田把五公升容量的塑膠水桶放到陽台。

雙掌從桶內掬水灑向地板。他不斷重複同樣的動作，以水桶為中心，潑濕陽台的地板。

接著用手指輕彈水桶側面。當作打鼓。在高於水面的位置，以一定的節奏不停敲打，盡可能發出聲音。

擦玻璃是人們往往會選晴天進行的作業，但是其實陰天的效率更高。這麼教他的，是去年過世的祖母。陰天的濕度比較高。污垢也因為帶有濕氣更容易去除。而且乾得也慢，據說可以減少擦拭不均的現象。

敲打二十次後，他終於膩了，停止手指的動作。

結束自己的求雨儀式，他蹲在陽台仰望天空。

確認依然是亮麗得刺眼的晴天後，他戴上橡皮手套，把抹布扔進水桶。

踩上梯子，像要畫一個大叉似地在第一片玻璃噴上清潔劑。用力絞乾水桶裡的抹布，折成對折。把折起的部分對準窗戶邊端，像要繞行四邊那樣由外往內開始擦拭。

術科大樓四樓的四〇一教場的玻璃有四片。終於擦到最後一片時，第一片玻璃還沒乾。如果在玻璃表面還有濕氣時乾擦，會擦拭不均讓心情不上不下。如果時間充足，就算忍也要耐心忍著等玻璃乾，這就是訣竅。再等三十秒，不，再二十秒就好。

為了打發無聊，他從四樓俯瞰下方。

這個姿勢讓他想起小學的時候，他們會美其名曰「急墜炸彈」，從三樓陽台對著下方的樓梯口吐口水玩。不過，到了這個年紀，終究提不起勁再做那種愚蠢的把戲。

應該已經過了三十秒。但他依然把上半身探出陽台沒有動。

剛才想像中的急墜炸彈。在那個軌跡上，此刻可以看到兩個東西。

首先，就在下一層樓——三樓的陽台。圍牆的平面上放著水桶。只要再偏移幾公分水桶就會掉下去，位置非常驚險。水桶內側微微反射陽光。看來桶中有水。

正下方，是小小的中庭。現在放在那裡的黑色細長物體看起來很渺小。那肯定是貞方鍛鍊腹肌用的健身臥推凳。

津木田省略乾擦，去了三樓。

站在三〇一教場前，從門上的小窗窺看室內，水桶依然放在陽台的圍牆上。負責擦這個房間玻璃的人不見蹤影。大概是去上廁所了。

除了自己以外，他對六組的其他人抽中哪一層樓並不清楚。不過，看這樣子三樓是誰負責不問也知。乾這種喜歡把東西放在邊緣的怪毛病，大概是在狹小的漁船中養成的。

津木田打開三〇一教場的門。盡量不發出腳步聲地小跑步。來到陽台。風勢依舊強勁。他探頭朝水桶裡一看，污水大約裝了七成。

他又伸頭看樓下。臥推凳也依舊擺在那裡。

那是貞方個人使用的健身用具。

這大概算是臨時起意吧。彷彿被某種東西操縱，津木田戴著橡皮手套的手抱著水桶側面，將底部稍微向外推。

不如就這樣繼續把水桶向外推，讓它掉下去弄濕臥推凳？這樣既可稍微對貞方洩憤，而且事後被追究的只會是乾。

像今天這樣的強勁風勢，肯定會認定水桶是風吹落的。不可能被人發現是故意的……。

津木田抓著把手拎起水桶。如果要準確地弄濕臥推凳，光靠推水桶底部還不夠。必須稍微調整傾斜的位置。

——不行吧。

雖然這麼想，自己的手卻像受到暗示般繼續自行向前移動，已經無法把水桶回到原位。

幾秒後，水桶落地，污水淋濕了臥推凳。

在那聲音響徹中庭前，津木田已急忙離開陽台，從三〇一教場跑到走廊上。

就在他正要上樓梯時。他看到電梯間的鏡子中有人影晃動。是走廊那頭的廁所。有人正巧從廁所出來。

一瞬間，彼此的視線的確在鏡中對上了。

4

鼻子噴出的粗重呼吸，在戴著護頭套的耳中迴響。

剛才，他落荒而逃地衝上術科大樓樓梯。即便此刻已在頂樓的道場參加第三堂課的逮捕術，心跳依然劇烈。

津木田躡足走在道場的榻榻米上，有點在意頭部。

他討厭護頭套。尤其是這種連臉頰都罩住的大型護頭套。由於分量沉重，下課後脖子總是會痛。皮革和海綿的味道很臭，往往也讓他想吐。唯一值得稱道的，只有後腦部被魔鬼氈膠帶牢牢包住的安心感。

走到距離助教朝永站的位置只剩四、五公尺時，津木田忽然念頭一轉，鬆開扣在模擬手槍扳機上的食指。食指滑過旋轉式彈匣的腹部，改將中指伸進扳機護環。握住槍把的只剩無名指和小指這兩根手指，不過倒也不覺得抓不穩。

這種握槍方式據說不會讓人奪走手槍。上「手槍用法」時教官荒川這麼說過。當時教官也說，因為暗殺者經常用這種方式，所以被稱為「assassin grip」。

朝永將雙手十指在後腦交握，擺出投降的姿勢。津木田朝她的背影安靜走去，同時注意力轉向坐在道場的學生們。

第六行最前頭是乾盤腿而坐。秦山緊挨在他後面。秦山是抱膝而坐。

電梯間的身影——。映現的剪影，並非有小腹的中年體型，而是身長腿短令人想到小狗的體型。這表示負責清掃三樓的不是乾是秦山。

秦山當時看見他了嗎？水桶墜落事件立刻會被發現。屆時，秦山會說出怎樣的證言……。

橡皮手槍的槍口，觸及朝永的柔道服背部。

「萬一背後有人拿槍對著你，千萬不可輕舉妄動。要這樣等待對方接近。然後——」

在後腦交握的十指瞬間鬆開。這麼想時，對方揮下的左臂已經把他的手槍往一旁彈開。

在他目瞪口呆之際，朝永迅速旋轉身體。向旁邊一閃，身體移到偏離準星的位置。回過神時才發現，槍身已被她從側面牢牢抓住。一切都在瞬間發生。

「像這樣移動身體。重點在於決斷力。一旦發現槍口碰觸身體，就必須毫不猶豫地行動。」

朝永把握住的槍身用力向下扭。不知用的是哪一招，什麼暗殺式握槍法根本毫無招架之力，手槍輕易就被奪走了。

「不過，這樣還不能安心。如果對方看起來還沒死心的話。」

朝永接著把訓練用的橡皮手槍朝他頂過來。津木田當場跪倒。因為朝永用眼神命令他這麼做。

朝永繞到他背後。推他的背部，他被壓制在榻榻米上趴臥。隨即，透過護頭套的魔鬼氈膠帶，後腦感到硬質橡皮的觸感。他知道這是朝永拿槍把輕輕施加撞擊。

「要這樣完全封鎖對方的反擊。記住。只能打有護具的地方。千萬不能瞄準頭頂。」

現在學生們戴的護頭套，只保護了頭部側面。頭頂沒有任何防護，像河童頭頂的盤子一樣露出頭髮。

「辛苦你了。可以歸隊了。」

津木田回到大家的隊伍後，朝永把橡皮槍口對著自己的心臟。

「萬一被擊中肺部怎麼辦？這時如果用手壓在胸部，勉強還能呼吸。要靜待救援。無論發生任何事都不能放棄活下去的希望。知道嗎？」

接下來的三十幾年，他們將會天天和手槍、手銬這些危險的小道具打交道。不過，被人近距離拿槍頂著的事態，除非成為特殊搜查小組的成員或專門對付暴力組織的刑警，否則應該遇不到。

即便如此，學生們在道場響起的回答還是隱約帶著怯意。或許是因為朝永的臉上完全看不出任何表情浮現。

「好，開始！」

朝永拍一下手。全體一齊起立，任意兩人一組面對面。

津木田的視線掃向平時較熟悉的同學，但是大家都已和其他學生結為一組。

最後，他只能和唯一剩下的美浦搭擋。

他實在不太情願。因為美浦已被朝永盯上。弄得不好，連自己也會跟著遭受池魚之殃。

就在旁邊，和秦山搭擋的是乾。

扮演犯人的一方拿著事先分發的橡皮手槍，扮演警察的一方背對犯人，開始朝永剛才示範的防身術訓練。

津木田決定繼續扮演犯人。要和美浦保持三公尺的距離，必須變換身體方向。這下子等於背對秦山和乾那一組，但是他的意識依舊專注在秦山身上。

當時在鏡中和自己四目相接後，秦山回到三〇一教場，發現水桶不見，想必慌了手腳。

當然，秦山肯定會去陽台探頭看下方的中庭。水桶果然掉在那裡。而且正下方有貞方正在使用的臥推凳，臥推凳已被水淋濕。秦山肯定當下抓起乾抹布衝出教場下樓。這堂課開始前，最後一個走進道場的是秦山。八成是把時間耗在擦乾臥推凳吧。

問題在於，秦山是否在現場見到貞方。秦山是否已向貞方告密，「看到津木田巡查從三〇一教場走出來」……。

察覺美浦接近的動靜，他往朝永那邊瞄了一眼。助教正看著其他學生。

美浦做出的壓制動作不算差。但他等了半天也沒等到後腦應有的撞擊。

他扭頭一看背後的美浦，果然，美浦舉起槍把，始終在猶豫。

津木田的視線迅速掃向朝永。她已經不在剛才站的位置。

大事不妙——還來不及這麼想，頭上已落下聲音。

「到此為止。」

不知幾時已來到身邊的朝永，從美浦手中奪走手槍，對準津木田後，猛然把槍身向上一抬。意思似乎是叫他站起來。

他只有不祥的預感。可以的話真想就繼續趴在榻榻米上。這麼想著一站起來，立時一陣暈眩。

津木田原地踏步兩三下的同時，朝永已把手槍舉到臉部的高度。

「看來你們還不需要這種小道具。」朝永說著輕輕舉起另一隻手握拳。「先從這個開始。從基礎練習吧。——津木田。」

「是！」

「揍美浦。」

「請問要揍哪裡？」

「哪裡都行。你自己決定。」

「一定要用拳頭嗎？」

「巴掌也行。隨便你。」

回答「知道了」的聲音略顯雀躍。他在內心暗自慶幸。用拳頭打人的牴觸感太大有點困難，但是打巴掌應該做得到。

——咱倆無冤無仇，是助教這麼命令的，我也沒辦法，你可別怪我。

津木田盡量用表情這麼辯解後，右手擊向美浦的左肩。因為是巴掌，所以用拍打來形容更恰當，但他自認這已是擺出「毆打」架勢的攻擊了。想必「拍巴掌」這種說法最正確吧。

他沒有手下留情。朝永就在這麼近的距離旁觀，如果放水立刻會被發現。

他對著美浦的肩膀一掌接一掌，就在右手拍出第十掌時，美浦的左臂忽然動了。下一瞬間，自己的手已被美浦牢牢抓住。

——別得寸進尺喔。

美浦雙眼隱約流露的火焰，如此明確警告。

就在津木田微微戰慄著退後一步時，背後響起騷動聲。轉頭一看，已有一小群人聚集。

「發生什麼事？」

朝永迅速跑過去。津木田追著她的背影，也墊起腳尖走過去，越過大家的肩膀伸頭一看，只見一名學生倒在榻榻米上摀著頭。手腳緩緩蠕動似乎要痛苦交纏，可見應該受到相當嚴重的傷。

是身長腿短貌似小狗的體型。不用看臉，他立刻知道那人是秦山。

5

夕陽已變成暗紅色。看久了，意識好像會被吸入雲層的折縫。

真是漫長的一天啊。抱著這種感慨，津木田快步走過宿舍走廊，前往福利大樓。

即便在他耐不住口渴，這樣帶著零錢包去福利社的途中，依然惦記著秦山。

秦山的頭部受到撞擊是在今天下午一點半——距今五個小時前。

秦山被送去醫務室，之後，據說去醫院做了檢查，到此為止還知道，可是之後就打聽不到消息了。

彎過走廊轉角時，他不禁放慢腳步。因為看到一名學生正對著鏡子練習指揮交通的手勢。

那人戴的不是白手套而是粗棉手套，嘴裡叼的是拔出軟木小球以免吹出聲音的警哨，這點也一如往常。

不知怎地他變得躡手躡腳。

「嗨。」

透過鏡子看到的秦山，雙眸似乎還有點渙散失焦。

「今天你可真慘。上游泳課時，你的腰也被我踹了一腳，對不起。」

「……有這回事？」

「你已經忘了嗎？總之我要向你道歉。——對了，你還好嗎？」

「嗯。」

「幸好不用住院。」

由於遭到撞擊的部位非比尋常，為了謹慎起見還是去了醫院。秦山的意識很清醒。照了片子確認腦部沒有出血後，只檢查了瞳孔是否正常反應、平衡感有無失衡，據說就結束檢查了。

「醫生說如果有噁心想吐之類的異常就得立刻再做檢查，但我覺得好像沒那個必要。」

「是嗎。那我就安心了。」

他無意識中把手伸進口袋，握緊零錢包。始終說不出下一句話。

「我也是。」

低沉的聲音響起，另一個人影倏然插入鏡中。是個白髮男人。那抹白色之顯眼，甚至一下子抹消鏡面映現的昏黃暮色，這或許是因為津木田在心底最戒慎恐懼的就是此人的出現。

「你打算去哪裡?津木田。」風間微微一笑。但是右眼那隻假眼毫無笑意。「福利社嗎？」

他慌忙伸出插在口袋的手，立正回答「是」。剛才緊握零錢包時，包內的銅板相互撞擊。看來風間並未錯失那低微的動靜。

「教官，那我告辭了。」

他微微低頭行禮，轉身想走。

「不過話說回來，跳樓自殺可真討厭啊。」

切入話題的方式，明顯是在說「先別走」。津木田才踏出半步就被迫停下。

「那種現場，我只見過一次。津木田，你知道人從高處砸落地面時會發出什麼聲音嗎？」

津木田吞下一口口水。「……我不知道。」

「聲音會根據從哪個高度掉落在哪種地點而有所不同。也會因為自殺者的性別而有差異。據我聽說，比方說，從公寓五樓掉到沙坑的女性發生的聲音就像水枕噗哧破裂。從十樓高的百貨公司樓頂墜落柏油路面的男性，發生的聲音則是像拍打棉被那樣啪的一聲。」

津木田感到自己的臉孔不自然地扭曲。他不知該用什麼表情聽這番話才好。

「人掉落到人身上時，據說會像皮球彈起那樣砰的一聲，但我總覺得那個說法可信度不高。不過，做我們這一行，想必遲早有機會親耳聽見。你們要做好心理準備。」

聽到這裡，津木田終於猜到風間這段詭異的敘述是什麼話題的引言，內心暗自提高戒備。

「對了，今天午休時間，聽說有一個水桶從術科大樓的陽台掉下來。」

果然。津木田的雙腳用力，以免自己的身體晃動不穩。

「好像是被風吹的。因為桶子裡裝了水，害得放在樓下的用具被打濕。那是貞方教官使用的臥推凳。」

津木田一邊留神不要演得太誇張，一邊做出困惑的表情。

「不巧的是，水桶掉下去時，貞方教官正好去中庭準備做訓練。所以水桶擦身墜落，他不幸也被濺起的水花淋濕了。」

這次他從口袋外面握住零錢包。

「墜落的衝擊使得水桶底部摔成兩半，那個桶子上寫著『術三』。意思是術科大樓三樓的用品。負責清潔三樓的好像是你吧，秦山。」

「是。」

「為什麼把水桶放在矮牆上？」

「對不起。因為我腰痛。我想在作業時盡量避免彎腰。」

「發現水桶墜落後，你慌忙下樓，先擦了臥推凳吧？」

「是。」

「那時你向貞方教官道歉了嗎？」

「沒有。因為沒看見教官，所以沒有立刻道歉。當時快要上第三堂課了，我只好先趕去上逮捕術的課。」

秦山又補充說，從醫院回來後就立刻去道歉了。

「我聽貞方教官說，當時他盛怒之下立刻衝向三樓。他走的是另一邊的樓梯，所以大概正好和你錯過了吧。——即便如此，這還是得嚴厲懲罰。貞方教官怎麼說？」

「教官叫我下次要小心。」

「就只有這樣？」

「是。」

「那我這次也不追究了。對了，水桶掉下去時，在術科大樓三樓的，秦山，只有你一人嗎？」

津木田凝視秦山的嘴巴暗自屏息。

「是的。只有我。」

他差點在過度安心下發出怪叫。

「你沒看到其他人？」

「沒看到。」

風間的眼睛似乎發出暗光。

「你做個敬禮的動作試試。」

雖然頻頻眨眼露骨地表達困惑，秦山還是轉身面對鏡子。戴著粗棉手套的右手舉到額頭。

「姿勢不對。」

「請問是哪裡不對？」

風間把臉轉向鏡子旁邊張貼的敬禮注意事項。

「食指指尖要放在額頭右端兩公分處。上面應該有寫吧。」

「我知道。」

「秦山，你保持那姿勢不許動。津木田，你過來替他測量。」

這次輪到自己心慌意亂。此時此刻身上並沒有帶量尺。

「你口袋有銅板吧？就我聽到的聲音，應該有一圓硬幣。」

一圓硬幣直徑兩公分。想起這種生活小常識的同時，不禁也為風間的觀察力咋舌，同時取出鋁製硬幣。放在秦山的手指和額頭之間比對之下，目測還有一公分的差距。

「這是罰則。就全組連坐吧。第六組成員今天晚餐後也來練習逮捕術好了。」

6

走下「先驅三舍」的樓梯時，津木田對自己發問。

——警職法第三條和酩酊者規制法第三條的「保護對象」有何不同？

從三樓走下二樓時，他在樓梯拐角處從運動服口袋掏出自己寫的筆記。看答案前，先試著回答剛才的問題。

——警職法是「爛醉者」，酩酊者規制法保護的是「酩酊者」。

他垂眼看筆記，確認答案正確後繼續第二個問題。

——那麼兩者在「保護時間的制約」有何不同？

警職法是「原則上不得超過二十四小時。但是……」。

「但是」後面的想不起來了。記得好像是法院許可怎樣怎樣的句子……。

正在絞盡腦汁之際已抵達二〇四號房門前。他一敲門，桐澤立刻露臉。

「嗨，什麼事？」

「昨天謝謝您。」

四年的大學生活後立刻成為警察的自己，和讀完六年醫學院課程又做了兩年實習醫生的桐澤，年紀相差五歲。他不敢不用敬語。

「……昨天？昨天怎樣了？」

津木田一邊發出咕嚕咕嚕的聲音一邊舉起雙手，做出沉入水中的動作。一想到當時如果繼續被乾拽著腳，到現在都還會微微發抖。

雖然他的肢體語言很笨拙，但桐澤好像還是想起游泳池那件事。他恍然大悟地張開嘴頻頻點頭。

津木田只是想來道個謝，別無他事。再次微微鞠躬後就想轉身離去。

「等一下——。津木田巡查。你有心事吧？」

身體已經轉向走廊。只有脖子扭向桐澤。「為什麼會這麼想？」

「很簡單。你的臉色不好。我以前好歹是醫生，對這方面的直覺特別靈敏。」

桐澤退後一步，敞開房門。用挑眉的動作邀請他進來。平時關係並非特別親密，所以他有點遲疑，但是對此人擁有曾任醫師這種特殊經歷的好奇勝過一切，他還是走進房門。

室內瀰漫漿糊的氣味。地上放著燙衣台，台子上的熨斗正噴出水蒸氣。

桌上放了一顆夏蜜柑，大概是從食堂拿回來的。

「只要仔細觀察面色，大致就能猜出下一個打包走人的會是誰。」

「有什麼特徵嗎？」

「簡單來說，如果失去表情那就代表亮起紅燈了。還有，整體而言動作變慢，或者走路方式變得縮起身子垂頭喪氣的話也很危險。到這個地步，已經可以視為半斯特了。」

「半斯特……嗎？」

「德語的『死亡』是『sterben』。所以醫生通常用這種行話把病患死亡稱為『斯特』。」

好像不是什麼讚美的說法。連向來謹守分寸的桐澤都隨口說出這種字眼，是因為已在腦中根深蒂固嗎？可見他以前當醫生時，想必頻繁聽到這種說法吧。

宿舍各寢室內配有一張給客人用的圓凳。津木田在桐澤的邀請下落座。

坐在書桌椅的桐澤，彎腰關掉熨斗的電源。藉由這個動作催促他吐露心事。

「不是什麼大事。我只是擔心考試。」

「那種東西只要死背下來不就行了。」

「可我就是不擅長背誦。」他從以前就記性很差。

桐澤的視線轉向他拿在手裡的筆記。「那是什麼？」

「下次小考的模擬試題。」

「那你來考考我。」

「好吧……。請說出警職法第三條和酩酊者規制法第三條，在保護時間的制約方面有何不同。」

桐澤看起來只沉思了短短數秒。

「警職法原則上不得超過二十四小時。但是如果有簡易法院法官的許可令，可以繼續保護。保護期間不得超過五天。」

津木田瞥向筆記。正確。

「那麼，酩酊者規制法呢？」

「不得超過二十四小時。就只有這樣。」

這次是不假思索立刻回答。當然也完全正確。

太厲害了——老套的讚美差點脫口而出，但最後他還是保持沉默。此人連醫師國家考試都過關了。這種程度的條文想必只要看個兩三遍就能輕易記住吧。

「背誦這些，請問有什麼訣竅嗎？」

「如果是記憶術，類似什麼諧音聯想或宮殿記憶法之類的，方法多得是。不過我覺得最管用的可能是氣味。」

桐澤歪身從運動服口袋掏出一條手帕。放到桌上後，反手拿起蜜柑掰開，從果實取下一片厚皮。

把果皮在手帕上折疊，透明的汁液立刻被單薄的布料吸收。瀰漫的柑橘氣味令口中分泌唾液。

桐澤把沁染橘皮汁液的手帕蒙在自己的嘴上。另一隻手從他這邊拿走筆記本，舉到眼前。

「這樣邊聞柑橘味邊看你想要背起來的內容。——到此為止沒問題吧？」

「對。」

桐澤離開椅子，在燙衣台前單膝著地。把襯衫拿開，將手帕放到台子上，再把襯衫袖子蓋上去。接著開始熨燙二層布料。但他沒有把熨斗直接壓在布上，二者之間還相距一公分。

「這樣做，熱氣就會蒸發氣味，讓氣味轉移到衣服上。」

桐澤澋完後，津木田拿起襯衫袖子聞了一下。的確如桐澤所言。

他終於理解了桐澤的意圖。考試時只要聞一下這個袖口，就會立時想起和那氣味有關的背誦內容。原來如此，這招或許值得一試。

「嗅覺據說是和記憶最深刻連結的感覺。當然這點因人而異，也不是百分之百有效的方法，但這樣應該不算作弊，所以你不妨試試。」

津木田再次道謝，從凳子站起。離開房間前，忽然想起一個疑問，於是決定問問看。熟知人類生理現象的桐澤，說不定能夠為他指點迷津——。

「明明和某人對上眼，那人卻沒看到我，這種事情有可能嗎？」

「應該有可能吧。」

根據桐澤的說明，心理學名詞中據說有「scotoma」這個概念。意思好像是「盲點」。當人專注於思考，或者反過來，對一切事物都漠不關心時，就算視網膜映現什麼，大腦也接收不到那個信號的情況是有可能發生的。

「不過，那算是特殊案例。更普通的可能性應該是失憶喔。」

7

大雨在正午停止。仰望天空，只見橫越而過的燕子飛得意外的高。今天或許不會再下雨了。

——梅雨季的暫時放晴，梅雨季的暫時放晴，梅雨季的暫時放晴……。

自己重複同一句話的聲音，似乎還縈繞耳中。

上個月，國語課被叫起來，命他回答「五月晴」這個名詞本來的意思。他不解這有什麼好問的，當下手足無措。還能有什麼意思，不就如字面所示是「五月的晴天」嗎？

講師告訴他正確答案是「梅雨季的暫時放晴」後，命他就那樣站著複誦二十遍。從今以後，說不定直到年老即將死去的瞬間，只要聽到五月晴這個字眼，或者在梅雨季眺望藍天，恐怕都會想起那堂課。

津木田將視線從天空回到正前方。

溫暖潮濕的操場沙地。此刻準備了一輛迷你警車。

六月二十二日，週二的第三堂課。按照課表，今天的「管區警察」課，應該是要講授「發現失竊自行車時如何照會」，但風間臨時改為「處理交通事故的注意事項」。

「交通事故的處理是交通課的工作，但是當然和隸屬地域課的派出所員警的業務也有關聯。」

風間不動聲色地調整制服帽。或許是由於陽光突然變強，淤積了熱氣。

「接下來我就舉出具體實例，來談談處理交通事故的注意事項吧。之前曾發生過這種案例。有四名男性衝進派出所。聲稱『駕駛小客車時被卡車撞到，卡車逃走了』。去車禍現場一看，的確——」

風間指著警車。車身側面貼了纖細的螢光膠帶。

「有這樣的嶄新刮痕。於是找到肇事逃逸的卡車，和刮痕沾附的烤漆比對，的確吻合。將卡車和小客車在無人的狀態下並排一放，卡車的保險桿和小客車的傷痕高度也吻合。」

聽著風間的說明，津木田緩緩湊近秦山，從斜後方對他耳語：「你真的誰都沒看見嗎？」

「……你在說什麼？」

「我是說，水桶事件發生的時候。」

「沒看見。」

——是失憶喔。

上週桐澤說過的話，在腦中迴響。

「不過老資格的派出所員警，沒有聯絡交通課卻通知了刑事課。」風間把臉轉向這邊。「因為員警立刻發現，這是和卡車司機合謀的假車禍。目的是要向保險公司詐領醫藥費和慰問金等現金。——那麼，員警是怎麼發現的呢？秦山，你知道嗎？」

秦山張開嘴。可他並沒有說話。只是焦躁地皺起臉。

「怎麼了？這可不像立志進交通課的你該有的表現。這問題很簡單吧。難不成，是前幾天受傷到現在還沒好？」

周遭響起一些低微的笑聲。風間說的後半段台詞，似乎被某些學生當成開玩笑。

但是事實上，想必的確如風間所言，秦山因受傷的後遺症仍處於腦子不大靈光的狀態。因為他遭受的傷害之大甚至令他失去部分記憶，也難怪他會這樣。

「是車子的刮痕太舊嗎？」

這就是秦山終於擠出的回答。

「你剛才有沒有在聽我講話？我明明說過刮痕是新的。」

「……對不起。」

「津木田，你來回答。」

「因為刮痕的高度看似吻合，實際上並不吻合。」

「沒錯。四個成年人擠進一輛小客車，車體一定會下沉。在那種狀態下刮痕的高度不吻合才奇怪。像這樣，發生案件或意外時，必須仔細調查現場物品的傷痕和受損方式。」

這麼說明後，風間的視線又回到秦山身上。

「看來有必要給你一點刺激振奮精神。六組的成員也陪同吧。」

秦山從醫院檢查回來的那天傍晚，六組被處罰的是逮捕術加訓。二天後的週五，風間又拿秦山的小錯誤找碴，對六組施加處罰。以「襯衫領口有線頭」當理由，和貞方一樣命令六組擦拭術科大樓的玻璃。

這次又有什麼等著呢……。

津木田顧不得太陽穴滑落的汗水，只是盯著風間的嘴巴。

8

這是煮過頭了吧。今早的筍子口感軟爛，弄得不好甚至可能會有咀嚼豆腐的錯覺。海帶芽也好像快融化了。

——明天早上，六組成員在早餐時，必須點我接下來說的菜單，並且一個不剩地吃完。

這就是昨天風間對六組的處罰。自己被命令吃A套餐，秦山吃C套餐。

這週的配菜菜色並未更換。對面的位子上，秦山正勉強把討厭的蘆筍塞進嘴裡。這樣或許的確算得上處罰，但對自己而言根本不痛不癢。因為A套餐的配菜幾乎都是他愛吃的。

至於C套餐的餐盤——秦山膠著在餐盤中央的視線只能用虛無來形容。只有下顎在動，上方的肌肉完全靜止。換言之，秦山面無表情。筷子也動得很慢。

餐盤歸還口附近的位子上，今早也有朝永坐鎮。

把餐盤歸還後，她朝出口努動下顎示意他快走。雖然動作如此冷漠，當他經過時朝永卻輕拍他的背部。

和昨天的管區警察課一樣，今天的第二堂課災害救助訓練也臨時變更了授課內容。本來預定的瓦礫救助訓練延期，改為模擬火災現場的避難演習。

貞方在術科大樓的中庭設置六角形的充氣式救生氣墊後，令命學生去二樓的二〇一教場。

「先體會受災者的心情很重要。從第一組開始，一個一個給我輪流跳下去。如果有人不敢跳，下一個跳的人負責從背後把他踹下去。」

入學已近三個月，似乎人人都已培養出那種膽量。到第五組的學生全都跳下去為止，並未耗費太多時間。

輪到第六組，津木田第一個站上陽台。二樓距離氣墊的高度大概有五公尺左右吧。心跳有點加快，但是還不至於讓他不敢放開陽台的矮牆。

「慢著。」就在他要翻越陽台的前一秒，貞方抬起厚實的手掌制止。「第六組從這上面跳。」

在貞方的帶領下前往三樓，被催著走去術科大樓三〇一教場的陽台。

當時自己把放在矮牆上的水桶推歪，企圖把污水灑下去。必須偽裝成風勢造成的。所以他本來打算先灑水，再讓水桶也掉下去。

可是就在他將水桶傾斜時，忽然有人影從一樓出現。那是貞方。如果再繼續上這傢伙的課，下次說不定真的會被殺死。想到這裡，他頓時改變了做法。

他沒有把水先倒下去，而是連桶子帶水一起朝貞方頭頂砸下去。所以水桶底部才會裂成兩半。如果是空水桶，不可能壞得那麼嚴重。

由於瞄得不夠準，水桶並未掉到貞方頭上，只落到腳邊，但是萬一被誰知道了，肯定會很不妙。

——發生案件或意外時，必須仔細檢查現場物品的傷痕和受損方式。

風間不惜臨時更換授課內容，特地傳達了這點。

風間肯定已看穿真相。想必也已知道飽受貞方折磨的我就是犯人。所以他一再處罰庇護我的秦山，試圖逼迫秦山招認當時曾經看見我。

可惜那招沒用。因為秦山已經失憶了。

論及腦子靈光絕對比不上風間的貞方，似乎尚未察覺水桶的損壞方式究竟意味了什麼。

津木田斜眼偷瞄秦山時，貞方也走進教場。

「以你們的本事，就算是這個高度應該也沒問題吧。不過，你們全體先去上個廁所。因為如果從這個高度，每年總是有人失禁。」

貞方之所以變更上課內容，或許是為了折磨第六組以報水桶之仇。津木田這麼暗忖，同時和其他成員一起去廁所，站到小便斗前。

但是秦山一個人站在入口發呆。

「你怎麼了？」

「沒事。」

「那就快點尿完走人。」

「等大家尿完我再尿。」

乾走出廁所時，和秦山肩膀相撞。乾分明是故意的。風間一再施加的處罰，最近已經令乾這些六組成員對秦山爆發不滿。

「秦山，你一定是做了什麼得罪風間教官的事吧？」

「……我沒有。」

「總之，下次你要是再出錯，我就把你從四樓推下去。聽見沒有。——現在趕緊去撒尿。」

至於津木田，並沒有尿出東西。呆站三十秒後，他拉起褲子綁好褲帶。用眼角餘光確認和他錯身而過的秦山已站到小便斗前，這才扭開洗手台的水龍頭。

和早餐時一樣，就算到了第二堂課，秦山散發的氛圍依舊是「半斯特」。如果秦山繼續被同學這樣逼迫，在恢復記憶之前就退學，對自己而言當然是再好不過。

就在他洗完手，拍打雙頰給自己打氣時。

「津木田巡查。」

被秦山呼喚，他向後轉身。秦山低著頭，視線垂落在小便斗中，因此看不清秦山的表情。

「你曾經問過我，為何我有時會想獨自上廁所吧。」

「對。」

「因為尿很臭。在吃完蘆筍後。」

「不會吧。」自己完全沒感覺。

「是真的。是體質造成的。」

所以秦山才盡量不吃蘆筍嗎？不得不吃下時，只好等到剩下自己一人時才去小便，以免臭味熏到別人。

「那你下次何不使用那邊的？」

他指向秦山背後的成排單間廁所。雖有「禁止用來小便」的規定，但是應該沒必要老實遵守那種規定吧。

「是啊。」

秦山把臉轉過來朝他微微點頭，他撂下一句「你快點」，就回三〇一教場去了。

不久秦山也出現了。

「第一個是津木田吧。動作快。」

被貞方輕踹屁股，他翻越矮牆，身體掛在陽台外。

從三樓俯瞰氣墊，大小只有從二樓目睹時的一半。邊長二・五公尺，對角線應該有五公尺長，但是從這裡看下去，會覺得那個單位不是公尺，應該是公分才對。

在腦海中想像時怎麼跳都沒問題，臨到實際上陣時卻無法鬆手。津木田背對中庭抓著矮牆邊緣拚命搖頭。

「我做不到。」

貞方氣得兩眼發直。從陽台探出身子，對樓下命令：

「放鬆墊子的空氣閥。」

負責操作的學生雖然猶豫，似乎還是乖乖聽命行事。氣墊排出空氣的聲音，連這裡都能隱約聽見。

「真實的火場可不像這樣。就算墊子沒有完全充氣，背部被燒傷、被濃煙嗆傷的受災者還是會爭先恐後跳下去。和那種人間煉獄相比，你們現在做的訓練只不過是兒戲。」

說話的此刻，墊子仍在繼續緩緩排氣。跳得越晚，危險性就會越高。明知如此，津木田的手指還是沒動。

「好吧。那我們換個訓練內容。秦山，你過來抓住津木田的手。」

秦山走近陽台，抓住津木田的手腕。

津木田從陽台邊緣戰戰兢兢伸出腳。手也放開矮牆邊緣，試著回握秦山的手腕。然而，秦山是從手背那面抓住他。如果不換個方向，無法回握住秦山的手腕。

秦山被他的重量帶著向前彎腰，導致他懸掛的位置猛然向下一墜。

矮牆的高度不高。大概只有一米多一點。

雖然從這裡看不見，但在牆的內側，秦山似乎踮起腳試圖挺直腰桿。在那種姿勢下，肚臍緊貼矮牆。此刻自己和秦山，就像曬在陽台的棉被，隔著一道牆互相拉扯對方身體。這種姿勢甚至可以說只要一不小心就會掉下去。

「你們也給我好好撐住。」

從貞方此刻這句話可以推斷，為了不讓秦山被他的重量拖著墜落，乾等人正抱著秦山的腰。

「就算高度太高下不了跳樓的決心，還有幫手。像這樣請別人拉住，用邊韆鞦的方式搖晃。然後把人扔進下一層樓的陽台就行了。——你們兩個試試看。」

秦山開始前後搖晃手臂。

「秦山，甩到外側時千萬別鬆手喔。否則津木田會被甩到氣墊的範圍外。」

「是。」

津木田感到臉頰一帶微微起了雞皮疙瘩。因為秦山的回答絲毫不帶感情。

手臂的晃動幅度，已經大到足以讓他跳進二樓陽台。但是秦山並未在這時放開他的手腕。反而忽然把脖子向下一伸，盡可能湊近他的臉孔小聲說：

「我想起來了。」

「……啥？」

「那時我看到了。我看到你。」

人在面臨危險時的直覺最靈敏。津木田感到雞皮疙瘩從臉頰擴散到全身，同時也終於發現自己已到達事情的真相。

風間之所以一再處罰秦山，並非為了逼迫秦山自白。而是試圖藉著讓秦山重新體驗六月十六日失憶前發生的事，幫助他恢復記憶。

直到今天，不，就是剛才，秦山終於在小便斗前恢復記憶。藉由自己吃完蘆筍後的尿臭味——。

「居然想讓別人背黑鍋。」

他還來不及思考該如何道歉，秦山已把手臂向外一甩。他很後悔剛才在廁所為什麼沒有硬是擠出一點尿。在他感到下體有股溫熱的濕氣緩緩擴散的同時，他知道抓住自己手腕的手指也倏然鬆開了。

第四話

敬慕

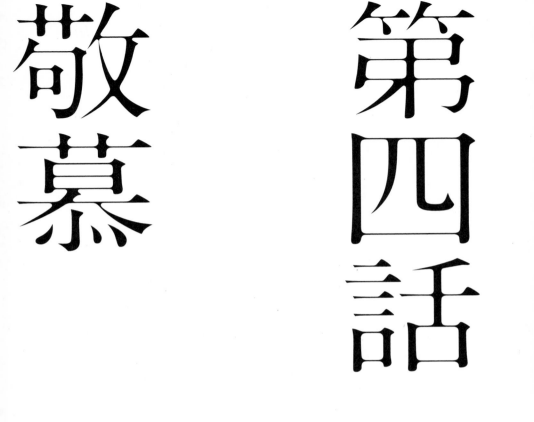

1

經過敞開的窗戶旁，右眼頓時感到輕微刺痛。

是帶著濕氣的七月晚風，以及風中夾帶的細小沙塵。被兩者瞬間攻擊，菱沼羽津希只能抓著樓梯扶手走下一樓。

三天連假的第二天，「先驅女舍」的每一層樓都不見人影。

就在她頻頻眨眼試圖弄出眼中的沙塵時，已經來到走廊盡頭的一〇一號房門前。

她虛應故事地敲敲門。不等回音便自行開門，朝室內探進上半身。

「打擾了。」

房間的主人枝元佑奈正坐在桌前。眼前攤開的是稿紙。

她反手關上門後，佑奈連忙用龐大的身體試圖遮住桌上的東西。

「妳放心。我沒興趣偷看。」

走近一看，佑奈的鼻頭浮現汗珠。夏季的假日，室內空調被限制在二十八・五度。

「羽子，妳的右眼有點紅。」

「剛才有沙子吹進眼中。」

眼睛大總是有這種煩惱——這話她沒有說出口。在瞇瞇眼梨形臉、有著典型北部蒙古人種輪廓的佑奈面前，講這種話會被當成諷刺。

學生時代活躍於女子摔角界的佑奈，身體雖然健壯，可惜沒有出色的容貌。如果自己是十分，那佑奈大概只有四分或三．五分吧。但佑奈的老家經營老牌旅館，家境似乎相當富裕。不過，聽說她那個繼承家業的兄長兩個月前不幸過世了。

「妳的臉色好像也不太好。」

「夏天太熱了。」佑奈抓抓剪得極短的頭頂髮根。「什麼事都提不起勁。」

「有個好方法可以提振精神喔。」

「是什麼？」

「如果真想知道，那妳得答應我的要求。」

是什麼？或許是因為用同樣的語氣重複同樣的說詞，抑或是因為半張著嘴，佑奈的臉孔看起來比平常更愚蠢。

「如果想知道，就照我說的做。——首先，可以請妳停止所有動作嗎？就在原地靜止不動。」

羽津希說著，像畫家或攝影家常做的那樣，用雙手的大拇指和食指比出四方形，選取構圖。從那個框架窺視佑奈的臉。

「接著朝我伸出雙手。但是手肘必須成直角繼續貼著身體。」

佑奈乖乖照辦後，羽津希把帶來的白手帕放在佑奈伸出的手上。月白色的絲質布料，勉強充當打光板，把佑奈扁平的臉孔烘托得稍微立體一點。

「接著，請妳回答這個問題——枝元巡查立志當警察的動機是什麼？」

「呃，我在學生時代是運動選手，所以我想找個能夠發揮自己體力的職場……」

彷彿要找作弊用的小抄，佑奈的視線四處游移，皺起眉頭勉強擠出答案。面對這樣的佑奈，羽津希抬手扶額做出頭痛的架勢。

「不行不行。不能那樣皺著苦瓜臉。」

佑奈的桌上，除了寫日記用的稿紙，也放著宿舍傳閱板。羽津希從傳閱板取下夾在上面的本縣宣傳雜誌《翠鄉》，指著封面照片。

「看著這個人妳有何感想？感覺不到什麼魅力吧？」

七月號的封面模特兒是水產研究中心的女技官。看起來約莫二十四、五歲——和她們年紀相仿。畫面前方是舉到額頭高度的試管。模特兒本人則是從後方以仰視的角度拍攝。

「五官還不錯，可惜表情像死人。」

這個職員，想必對自己的工作不大關心。只要注視她的雙眸就知道。作為拍攝地點的研究室相當明亮，但她眼睛虹膜的面積也太大了。眼前如果是自己真心有興趣的對象，照理說人的瞳孔會更加放大。

如果這個職員有熱戀中的男友，應該讓男友站在攝影機旁邊才對。這樣的話，應該可以拍到黑眼珠更有魅力的臉孔。這世上沒有比意中人更能夠令人瞳孔放大。

「佑奈，妳有喜歡的對象嗎？」

她把宣傳雜誌放回桌上，同時拋出這樣的問題，果然，佑奈的臉紅了。

「當然是有吧。妳現在心裡正想起那個人吧。那麼，接下來妳試著這麼想。假設那人就站在我後面，正對著妳微笑。——想像到了嗎？」

佑奈點點頭，臉頰泛紅。

「那妳想像妳的心上人正對妳揮手。」

「……想像了。」

「順便問一下，那個人是誰？」

「……一定得說？」

「不想說的話，也可以不說。」

她再次從手指比出的方形框架窺看佑奈。果然，這次的表情好多了。

「那我繼續問囉。——聽說妳的特長是摔角，除此之外還有什麼嗎？」

發問後，羽津希的手指不再比出攝影鏡頭。她的手這次比畫出各種形狀，藉此表達自己現在期待什麼樣的答案。

雖然比畫得完全不像樣，但是此刻的動作意味什麼，似乎還是勉強讓對方理解了。佑奈倏然繃起臉流露自信說：「我會手語。」

參加技能檢定能夠考過幾級不知道，但她當初練習手語的動機羽津希倒是聽說過。據說佑奈以前在家裡的旅館打工時，接待聽障客人相當辛苦。

「那妳能用手語表達這句話嗎？——『這是每天磨練自己的場所』。」

為何好端端的會冒出這句話？雖然臉上露出這樣的訝異，佑奈還是展現了流暢的手語。

「再來一句。——『重點是不能忘記關懷夥伴』。」

這次想了一下才翻譯出來。

「『關懷』這個字眼要怎麼比畫，能否教教我？」

佑奈用右手手掌來回撫摸左手手背兩下。

「手背意味頭部。也就是用撫摸頭部的動作來表現疼愛的樣子。」

「那『尊敬』要怎麼比？」

佑奈豎起右手大拇指。放到左掌向上舉，一邊微微低頭鞠躬。

「這個大拇指，就是代表尊敬的人。」

「那麼『愛』呢？不是艾草的艾也不是哎喲的哎喔。是love的愛。是喜歡。和剛才的動作一樣？」

「那個另有表達的方式。」

佑奈用雙手的大拇指和食指比出心形，抵在左胸。

「感覺還滿好懂的耶。一眼就會被看穿。沒有其他方式嗎？」

「也可以這樣比吧。」

伸出雙手食指，在左胸前面向下交叉雙指。

羽津希也試著做出同樣的動作。

「嗯。這個好。」

「這個好……什麼意思？羽子妳從剛才就一直在搞什麼？」

「當然是在試鏡啊。我在審查妳是否有吸引大眾的魅力。——FTS的事，妳想必也知道吧？」

明天FTS這家本地電視台會來學校。之前已經來拍攝過幾次上課情形，現在只剩下採訪學生代表的部分還沒拍。予定在下午結束錄影，當天傍晚在新聞節目中播出。

由誰當代表接受採訪？學生們討論之後，一致決定選中了羽津希，但她並不怎麼高興。因為她覺得自己被選中是理所當然，況且縣內有五家地方電視台，FTS的收視率向來墊底。老實說，她覺得這次的任務有點大材小用。

羽津希拿出運動外套口袋裡的文件給佑奈看。是電視台事先送來的採訪綱要。

①請談談當初立志成為警察的動機。

②警察學校對妳而言是什麼樣的場所？

③上課內容據說不分男女學生都一樣，在體力上是否會吃不消？

④平時最用心注意的是什麼？

⑤入學以來，自認在哪方面成長最多？

⑥聽說學校生活很嚴格，有什麼快樂的事嗎？

⑦什麼時候覺得最難過？

……諸如此類。

剛才她讓佑奈翻譯成手語的就是針對②和④的答覆吧。看到佑奈做出如此理解的神情，羽津希說：「當我回答問題後，妳能否站在旁邊替我用手語翻譯？也就是說，我希望妳陪我一起錄影。因為妳通過試鏡了。」

「可是——」

「放心，有什麼事我會罩妳。電視一點也不可怕喔。妳可以的。妳沒聽說過『女人全都是演員』這句話嗎？」

佑奈依舊一臉困惑。擅自入鏡這種自作主張的行動恐怕還是不太好吧——或許她是在擔心這個。

「沒事沒事。」

自己就算稍微任性也會被原諒。因為是在警察世家長大的。伯母雖然不是高考菁英組出身的女警卻很優秀，目前在本縣中級規模的警局當分局長。另外還有好幾個親戚也都是縣警幹部。

而且她對容貌頗有自信。周遭的人也都認為，說到本校的活廣告當然就是菱沼羽津希。對她這樣獨一無二的存在，任何人都不可能輕易有怨言。

「妳想想看，如果我一個人受訪，就畫面而言也有點冷清吧。有妳這樣個性化的角色一起入鏡肯定更有看頭。電視本來就是視覺藝術。為了服務觀眾，讓我們一起弄得好玩點嘛。」

佑奈露出妥協的神情。她沒說話，只是頻頻微微點頭表達同意，然後說：「我也想要這種東西。」

佑奈把充當打光板的手帕還給她：

「這該不會是誰送妳的禮物？」

「對。慶祝我入學，送了好幾條，我還有存貨。」

「真令人羨慕。」

「是吧。」雖然嘴上這麼說，其實收到這種禮物並不怎麼開心。因為有點像白旗，讓她看到就不爽。對於幾乎從來沒有「投降」這種記憶的自己而言，這種東西怎麼看都不搭。

羽津希按下這樣的念頭，在眼前攤開採訪綱要給佑奈看。

「妳看這個，不覺得上面忽略了重要的問題嗎？」

「……忽略了什麼？」

「這個。」

羽津希自己在第二張紙背面寫上問題。

2

「和尚端湯上塔，塔滑湯灑湯燙塔。」

羽津希對著鏡子念繞口令，一邊拿起管狀防曬霜。

把乳液狀的防曬霜緩緩塗抹滿臉，替化妝打底。

正要蓋上蓋子時，驀然停手。指甲應該更亮才好看。這裡禁止指甲油和指甲彩繪，所以如果想讓指尖更漂亮，只能有耐心地用銼刀打磨指甲，但那種麻煩的作業不適合自己。

她在指甲也塗上防曬霜。說到能夠簡便代替指甲油的東西，這玩意最適合。

指尖開始泛出理想的光澤時，臉上的防曬霜也已乾到用手觸摸也不黏手的程度了，於是開始塗粉底。

臉孔中央按照正常方式化妝，下顎等輪廓部分則需稍微塗濃一點。這樣會呈現自然的立體感，上鏡更好看。這是她累積多年經驗早已嫻熟的技巧。

在本校，通常就算是女學生也不准化妝，也沒那個閒工夫。這次是特例。眼影如果是褐色還可以，但黑色就不行。這種斤斤計較果然頗有警察組織的風格。

「你家菊花是你去種的菊花還是菊花匠去種的菊花。」

這類繞口令她知道兩三百種。當初求職時，如果沒有在報考警察的同時也想接觸媒體工作，恐怕也無法練就這項本領。當然，做幕後人員並不適合自己的脾性。既然要應徵，她的唯一目標就是報考主播。

大致化好妝後，對著空中噴霧。把臉伸到空中瀰漫的水霧下，微微沾濕額頭和臉頰。這樣稍微定妝後，就算之後有點流汗也不會讓妝花掉。

「抱著灰雞上飛機，飛機起飛灰雞飛。」

化完妝又練了一遍繞口令後，聲音變得響亮多了。

午餐後，她去宿舍的女廁。

站在洗手台前，打開隱形眼鏡的盒子湊近鏡子。唇膏用的是自然粉紅色，但是如果考慮到季節或許該用更鮮艷的顏色。

想像站在電視攝影機前的場面，終究還是有點緊張。她深吸一口氣後，把隱形眼鏡放到食指的指尖上。

正要放進右眼時，那片隱形眼鏡之所以倏然掉落，是因為不小心被吐出的那口氣吹動。她甚至來不及伸手。掉下的鏡片，先碰到排水口邊緣隨即消失在排水口中。

她裝上剩下的那片左眼鏡片。視野看出去太奇怪令她很不自在。雖然也有眼鏡，但她戴眼鏡不好看，實在不想戴著那玩意站在鏡頭前。

結果，她沒戴眼鏡就這麼走出廁所。左右眼的視力都是零．一。有種走在水中的錯覺。

出了女生宿舍，她勉強才發現對面有人走來。就氣氛判斷應該是教官。隨便敬個禮打算錯身而過時，才發覺那個人滿頭白髮。

是風間。他好像拿著什麼金屬，有一隻手發出銀色的暗光。

「現在要去錄影嗎？」

低沉的聲音，頓時令她心跳加快。

「啊，是。——教官要不要也一起接受採訪？」

「不必了。我在不打擾採訪的地方旁觀就好。」

她趁著深深一鞠躬之際眯起眼用力看，這才看出風間手裡拿的是花鏟。如果可以真想放攝影組鴿子，跟隨他一起去。風間在花壇翻土的模樣，有種迥異於他站在講台時的魅力。

她快步趕往錄影的指定地點，佑奈和電視台攝影人員已在等候。學校的公關負責人也來了，扮演所謂的監察者。是年近四十的總務課職員。此人以前是伯母的部下，所以在本校教職員中算是特別熟。

「本來預定是我一人錄影，但我想請枝元巡查也入鏡。」

她這番話令公關負責人很為難，抱著雙臂顯然面有難色。這是預先料到的反應。

「伯母的朋友之中有位聽障者，聽說那個人很期待今天的節目播出呢。」

加上她事先編造好的說詞後，果然，公關負責人看起來自己說服了自己。

ＦＴＳ的外景導演選定的採訪地點，是操場的角落。但是背景有老舊的用具倉庫。牆邊靠著某人沒有收拾的梯子，看起來不太美觀。

「不如稍微換個地點吧？」

羽津希移動到花壇附近。因為那邊的地面是白色磁磚，而且附近的校舍牆壁也是同色。在這種地方會過度曝光，讓皮膚看起來特別光滑。

可恨的是自己這個視力。風間應該就在不遠之處，但以她現在如此模糊的視野，就連他站在什麼位置都無法判斷。

「不嫌棄的話，請拿去用。」她遞上在採訪綱要旁寫上回答的紙張。「我會照上面寫的說。我想或許可以幫助你們計算播放時間，所以事先準備了。」

「太好了。看來妳很有上鏡頭的經驗啊。」

沒錯。入學以來，這已經是第三次站在電視攝影機前。

採訪記者乾咳了幾下。背後負責掌鏡和收音的工作人員各自拿好手裡的器材，開始彩排。

「上課內容據說不分男女學生都一樣，體力不會吃不消嗎？」

「我個人沒問題。因為我家有很多親戚都是當警察，我從小就學柔道，經過嚴格訓練已經培養出一定的體力。我最拿手的招術是小內割。」

「在這所學校覺得最開心的是什麼？」

「有各種活動可以參加。上次還去附近的小學扮演交通安全講習會的講師。」

她說完，站在旁邊的佑奈就會用手語翻譯。或許是想像著鏡頭另一邊的大批觀眾，比起昨天在寢室做的動作，佑奈的手勢變得比較誇張。

「這星期還有附近幼稚園的小朋友預定來參觀。這已經是例行活動了，不過我很期待和小小孩一起玩。因為在這裡看到的都是彪形大漢。」

「學生生活有什麼難過的事嗎？」

「有些同學壯志未酬就中途退學。」

「能否舉個例子說說是為什麼退學？」

這是記者當場臨時想到的問題。想當然耳，公關負責人立刻不悅地上前。

「這種問題有點不妥。」

「那麼，」羽津希越過公關負責人走近記者。「就在不公開的情況下談一談吧。請繼續您的問題。」

「果然還是因為跟不上嚴格的訓練嗎？」

「對，幾乎都是因為那個，不過其中也有罕見的例子。」

「噢？那是什麼情況呢？」

「比方說，有個同學已確定將在兩個月之後轉行，卻表明在那之前希望還能留在學校。」

「那是因為只要是這裡的學生就能領薪水吧。總比失業狀態好。」

「您說得沒錯。」

「可是，校方容許這種情形嗎？在知道學生遲早要走的當下，通常應該就會強制性地讓對方退學了。」

「那可不見得。如果那個學生很優秀，堪為他人楷模，站在校方的立場讓他在校也有好處，所以會讓他保留學籍到最後一刻。不過，如果是經濟上沒有困難的人，當然會立刻退學。」

說到這裡，羽津希把臉轉向公關負責人。「是這樣沒錯吧。」隨即又搶在公關負責人開口前回頭對記者說：「請繼續您的問題。」

「謝謝妳。彩排到此為止。」

「請等一下。您忘了重要的問題喔。請看一下第二張紙的背面好嗎？」

記者把紙翻過來，露出恍然大悟的神情。

●指導教官是什麼樣的人。

●請誠實說出妳對教官的看法。

那是她昨天自己添加的問題。

「那我再請教一下。妳的指導教官是什麼樣的人？」

「他是經驗豐富的資深教官。什麼都懂，因此有太多地方值得學習。不過，也是非常可怕的人。」

「年齡大約多大呢？這個不會播出，能否透露一下供我們參考？」

「知天命之年。」

「意思是五十歲左右嗎？」記者面露意外。「我還以為會更年輕。」

警察學校的教官，多半是三十幾歲的警部補階級。雖然基於教官這個名詞的分量，想像中往往以為是較年長的年齡層，但其實很少有資深的警察來就任。因為有時也得和學生一起進行跑步和肌肉訓練之類的重度運動，所以如果體力差太多會很不方便。最主要的是，如果是「和學生的價值觀差不多，只是稍微年長一點的學長學姊」，這種立場指導起來會更容易。

這類一般概況，這位記者似乎事前就已掌握。

「如此說來，與其說是平易近人的大哥哥，更像是嚴肅的父親嗎？」

「您說得沒錯。」

「妳剛才說教官可怕，能否舉個例子說說是怎樣可怕呢？」

「這個也不能公開喔。」羽津希略為收起下顎，用從下仰望的視線看著記者。「教官會做出死亡宣告。先只是一半。」

「……意思是？」

「如果你掉以輕心，他就會給你退學申請書，對你說：『這個先收下。除非我命令你撕破，否則一星期後——』」

「就會叫學生『填上名字繳交』嗎？」

羽津希豎起食指表示記者說對了。

「等於是『半死亡宣告』啊。聽起來的確令人毛骨悚然。那麼，請誠實說出妳對教官的感受。」

「我很尊敬他。」

說出這句話的前一秒，羽津希悄悄對佑奈使個眼色。

3

節目按照預定，在錄影當天的傍晚於晚間新聞中播出。

風間教場七人，同期的荒川教場六人。初任科總計十三名女學生，聚集在宿舍一樓談話室的電視機前一同觀賞。電視附帶硬碟式錄放影機，所以也事先設定了錄影。

「我很尊敬他。」

畫面上是自己微微低頭，只有這句話是用內斂聲調回答的一幕。這時鏡頭切換，出現攝影棚內的主播。

「原來如此，一名警察就是歷經如此嚴格的訓練才誕生的。接下來是明天的天氣。」

介紹警察學校的迷你單元結束後，女學生紛紛回到各自的寢室。只有羽津希一個人決定繼續待在談話室。因為她對剛才看到的影像有點耿耿於懷。

她拿著錄放影機的遙控器，按下播放鍵後在椅子上換個姿勢坐穩。

——那句台詞應該說得更有抑揚頓挫才對。

——這樣看起來會很慌張，那時候不該眨眼睛。

她總是想這樣對螢幕上的自己挑毛病，但是此刻已經沒有閒情逸致那樣做。途中曾有一次出現佑奈的特寫鏡頭。羽津希按下暫停鍵，把遙控器放到桌上。定睛凝視畫面時，背後忽然出現人的動靜。她轉頭。是助教朝永走進來。似乎是來巡邏的。

就在她弓腰準備起身敬禮時，

「坐著就好。」

朝永抬手制止她的動作，從設在牆邊的雜誌架抽出《翠鄉》七月號，伸指彈著封面。

「下次是這個嗎，菱沼？」

《翠鄉》的封面，每年各有一個主題。今年的主題是「介紹本縣各機構設施內年輕的明日之星」。

本校也在那個系列企劃之內，被分派到九月一日發行的那一期。封面模特兒預定從風間教場的初任科學生選出，這週五將由學生票選。朝永說得沒錯，想當然耳，應該又是自己被選中。

「乍看之下好玩，其實當活廣告想必也很辛苦吧。」

朝永把《翠鄉》放回書報架後，臉轉向電視螢幕。

「不過話說回來，妳還是一樣口齒清晰啊。有什麼祕訣嗎？」

「是的。就是『吃葡萄不吐葡萄皮，不吃葡萄倒吐葡萄皮』。」

「繞口令嗎？」

她回答「是的」，並且告訴朝永，有一陣子她曾經想當主播。

「很好。因為語言也是警察的一大武器。不過，我使用的武器幾乎都是這個。」

朝永對著空中揮出一記直拳後轉身離去，羽津希又把臉轉向電視螢幕。

果然。佑奈看起來出乎意料地比平時更有魅力。

自己的上鏡表現雖然一如事先計算的並不壞，但佑奈看起來更閃亮動人。

為什麼？這樣自己特地準備一個「陪襯品」豈不是毫無意義了……。

4

隔天是週二。上課前，輪到當值日生的羽津希去教職員辦公室迎接風間。

風間不在。一問之下據說在視聽教室，於是她又去那邊。

可以清楚感到，隨著逐漸走近視聽教室，心跳也越來越強烈。

彎過這個轉角便可見到風間了——這時，她暫時駐足，對著走廊牆上的鏡子攬鏡自照。

她假裝整理制服領子，一邊不動聲色地練習拋媚眼。根據經驗她早已發現。自己這張臉，如果站在對方位於右手邊的位置，看起來會更嬌媚。

有個名詞叫做「大叔控[7]」，自己或許正有那種癖好。

視聽教室的門開著，但她還是敲敲門才進去。室內沒開燈。

風間的白髮即便在昏暗中依然醒目。教室前方設有放映器材的操作台。他正站在那台前。這裡的投影機最近剛換成新機種。大概是打算改天上課使用，他似乎正在重新學習操作方法。

此刻風間放映的，是入學典禮的錄影帶。排排坐在禮堂位子上的風間教場學生，逐一映現在螢幕上。

「不到四個月的時間，大家的神情都變了呢。變得判若兩人。不過在那之中──」

風間按下暫停鍵讓影像靜止。

「也有人幾乎完全沒變。毫無成長。妳不覺得嗎？」

羽津希不知如何回話。因為風間按暫停的那一幕中出現的是幾名學生的半身照，在最中央的不是別人，正是自己。

風間這時切換影像。取代入學典禮的畫面出現在螢幕上的，是昨天晚間新聞播放的那段採訪。

「妳好像也向枝元學了一點手語吧？」

「是的。」

「那我想請妳教我一下。『尊敬』該怎麼比？」

把豎起大拇指的右手放到左掌上──。她按照前天學來的手勢比畫給風間看。

7　大叔控（枯れ專），專找中年大叔談戀愛的年輕女性。尤其是指三十歲以下的女子迷戀五十歲以上的男人。

這時風間抓起遙控器按下快轉鍵。直到畫面來到訪談尾聲，才恢復正常的播放速度。

我很尊敬他。

在佑奈用手語翻譯那句話的那一幕，風間再次按下暫停鍵。

這次的新機種附帶可以擴大局部的放大功能。風間對準佑奈的手部，把影像放大到幾乎可以清晰看見手指肌膚紋理的程度後才按停。

「妳不覺得奇怪嗎？這和妳剛才示範的明明不同。」

兩百吋的大螢幕上，佑奈正伸出雙手食指在左胸前向下交叉。

「這個手語代表什麼意思，妳能告訴我嗎？」

「……我聽說是『喜歡』。」

「這是枝元自作主張嗎？」

她咬唇低下頭，用來代替否定的回答。

「不如讓我舉出妳的三大問題吧。第一，妳的行動任性欠缺謙虛。第二，妳過於在乎容貌和外表。第三，妳不尊敬夥伴。」

風間遞出一張紙。是退學申請書。

「拿去。接下來這一星期，我會好好觀察妳的言行舉止。當我判斷妳不該繼續待在學校時，我會請妳在這張申請書填上名字繳交。」

5

「──沼。菱沼。」

風間的聲音，令羽津希慌忙抬頭。

「回答我。」

「……對不起。請教官再問一次。」

她心慌意亂地重啟記憶。剛才在視聽教室啞口無言時，風間已率先走出去。她連忙跟在後面。

快到「管區警察」課使用的第三教場時，她越過風間，搶先打開教室門敬禮等候。然後，就這樣回到自己的座位，但是之後的經過她不大記得了。風間開始上課後，她也一直處於恍神狀態。

「臨檢盤查時的注意事項。首先應該留意什麼？」

她拼命努力試著切換思緒。

「不能猶豫。覺得可疑時就要立刻叫住對方。」

「還有呢？」

「盤查完畢後，要感謝對方的配合，避免讓民眾不高興。」

「還有呢？」

「鎖定焦點，確定要檢舉哪種犯罪者。如果重點放在檢舉吸毒犯，就要充分掌握對方臉色是否蒼白或身材過瘦這些特徵，以便瞬間做出判斷。」

「光談理論的話，妳倒是記得很清楚。」

風間比個手勢，桐澤走上講台。大概是風間事前吩咐過，桐澤沒穿制服，穿的是一眼就看得出很廉價的西裝。

「那麼，妳現在對桐澤實際做臨檢試試。」

羽津希接近桐澤。

「可以讓我看看你的公事包裡面嗎？」

「請便。」

皮夾用手帕裹著。命桐澤打開後，裡面是厚厚一疊臨檢練習用的假鈔。同樣是練習用的硬幣，有百圓、五十圓、十圓，分門別類各自疊成棒狀用紙包裹。

她請桐澤數一下紙鈔有幾張。

桐澤一一點數。從她這邊看來，先是正面向上的千圓鈔三張，接著是背面向上的萬圓鈔一張，接著是正面向上的五千圓紙鈔兩張……。方向和種類都不同的紙鈔塞在一起。

「總共是二十五萬六千圓。」

「請問你從事什麼工作？」

「我是古董商。把十圓買來的破銅爛鐵用一百圓賣出去。是個好買賣喔。」

扮演奸商的台詞是桐澤自己臨場發揮嗎？如果是為了刻意擾亂她的心理狀態，那麼或許是出自風間的指示。

「請問你要用這筆錢做什麼？」

「當然是做買賣。因為我們店裡標榜的就是現金交易。」

繼續檢查之下，從屁股口袋出現看似昂貴的手錶。

「夠了吧？」桐澤說。

以她的眼力，完全看不出究竟該對哪一點起疑。

「是……。可以了。」

「到此為止。」風間說。「零分。——妳認為哪裡不對？」

她答不出來，只能困窘地發呆。風間的視線一轉，指名佑奈。

「是！」

佑奈用比平時略高的嗓音回答，立刻站起來。

「首先，我認為鈔票的方向不對。如果是做生意用的錢，通常應該會把鈔票整理成同一個方向。」

站在附近，就會清楚發現佑奈的呼吸變得急促。風間的「管區警察」課是佑奈最拿手的科目。

「沒錯。還有呢？」

「從屁股口袋出現手錶，或者用手帕包裹皮夾，都屬於『攜帶物品不尋常的狀態』，我認為不該忽略。還有，服裝全體的調性也不統一。和西裝比起來，只有手錶異常昂貴。」

站在明確回答的佑奈身旁，羽津希只能懊惱地咬牙。

6

「今天就請女學生賣力發揮！」

朝永的聲音響徹道場，羽津希重新綁緊柔道服的腰帶，悄悄抬起手整理頭髮。

穿柔道服的課程，就某種意味而言也表示要與臭味戰鬥。為了避免酸臭味染到頭髮上，有必要盡量把頭髮綁高一點。哪怕被人揶揄是丁髻[8]小公主，她還是堅持在這點格外留意。

這樣的自己，今天怎麼會忘記帶髮夾？想來想去只能說，昨天風間帶給她的恥辱依然影響她。

而風間，此刻又在道場的門口附近背靠著牆，當胸環抱雙臂。

朝永捲起柔道袍的袖子。露出左前臂，努動下顎命大家看她的手腕。

那裡有一道弓形傷痕。起初還以為是貼了貼紙，但凝神仔細一看，分明有縫合的疤痕隆起。是真正的撕裂傷。

「這是怎麼造成的你們知道嗎？——菱沼。」

「……是牙印嗎？」

「沒錯。妳猜是誰咬的？」

「我不知道。」

「是中國毒販雇用的女人。他們拒捕態度之激烈超乎想像。因為他們是不惜欠下幾百萬債務，賭上性命偷渡來日本。一旦被抓到就會被強制送回本國，只剩下沒還清的債務。也難怪他們會拚命拒捕。」

身體莫名地打個冷顫。

「要追捕那種凶暴的嫌犯時，如果人手足夠，千萬別逞強，最好兩人聯手撲上去。事先決定好彼此的任務，一個負責拉腳讓對方摔倒，另一個從上面壓制對方。不過，唯獨銬上手銬這個任務一定要禮讓給學長。」

最後那句話令學生微微發笑，羽津希卻完全笑不出來。

「不過，當然也有些場合必須獨自逮捕犯人。接下來就做這項練習。——菱沼，枝元，出列！」

8 丁髷（ちょんまげ），江戶時代的一種男性髮型。將前額至頭頂的頭髮剃光，剩下的頭髮在頭頂綁成一束。

動。

走出學生的隊伍來到朝永面前，羽津希瞥向站在身旁的佑奈。佑奈直視正前方不

「假設妳們追在犯人後頭，已逐漸縮短到最小距離。就在要逮捕犯人時，該採取什麼動作？妳們實際演練一下。」

按照朝永的指示，羽津希和佑奈一起走到道場的牆邊。畢竟道場很大，足足有六十坪。位於對面牆邊的入口，以及站在入口旁的風間那頭白髮，從這裡望過去都變得很小。

羽津希扮演警察，佑奈扮演犯人。她會在道場正中央追上犯人。如此對佑奈附耳吩咐，站在和佑奈的背影相距兩公尺的位置後，兩人同時開始奔跑。

按照事先約定，佑奈在道場中央附近放慢了速度，因此距離一下子拉近，羽津希抓住佑奈穿的柔道服領子。順勢要把佑奈拉過來。可是和她預料的相反，反而是自己被帶著向前衝。她無法完美地降低對方速度，照事先想像的那樣抓到犯人。

「妳倆再試一次。這次角色對調。」

意識到風間還在牆邊繼續旁觀的視線，羽津希和佑奈一起回到剛才的起點。

這次，是自己站到佑奈前方兩公尺後開始跑。

來到道場中央附近後，羽津希放慢腳步。自己剛才逮捕佑奈失敗了，如果這次讓佑奈成功，那自己豈不是很沒面子。絕對不能讓佑奈成功！她做好防備，以便對方隨時拉扯她的領口。

——這時，背部猛然感到壓力，上半身向前撲倒。

兩腳打架。下一瞬間已狠狠摔倒在地，近距離聞到榻榻米的味道。

「好！幹得不錯。」

羽津希被佑奈抱起的同時，把臉扭向入口。剛才自己就像青蛙一樣醜陋地趴在榻榻米上。那副德性被大家，以及風間看到了。急於在心中調適這個打擊的自己太悲慘。

「追到犯人時，像菱沼那樣企圖把犯人向後拉是愚蠢的做法。反之，像枝元那樣利用自己的速度把犯人向前推，這才是正確做法。大家要好好記住。」

7

「魷」是「不跟陌生人『遊』玩一起走」。

「魚」是「不『欲』搭乘陌生人的車」。

「的」是「大聲『的』喊救命」。

「壽」是「雙『手』一攤立刻逃跑」。

「司」是……是什麼來著的？

……死不相信別人？……不要介紹朋友認識？……死閉緊嘴巴？……事先檢查附近？

——妳知道「魷魚的壽司」嗎？

參觀模擬派出所後，帶幼稚園小朋友去展覽警車的本館校舍大廳一樓時，身旁的小女生看起來一臉無聊，她忍不住這麼對小女生發話。

幼稚園小朋友來參觀時，這已是第三次由初任科學生負責導覽。雖然很怕帶小孩，但至少不用忍受無聊的課堂聽講。歡迎二十五名幼稚園小朋友來參觀的掌聲，絕對是真心真意。

——這是保護自己的重要咒語喔。可以保護小朋友不被陌生人抓走。最好記起來，我現在告訴妳意思吧。

這樣驕傲地開口倒還好。可是，沒想到自己居然會忘記最後一項……。

「立刻『伺』機通知大人……嗎。」

想起答案暗自嘀咕時，她發覺在展示的白色警用摩托車前，有兩個小朋友你一言我一語地在爭論。

其中一個掛的名牌是「ㄐㄧˊ ㄐㄧˇㄙˇㄕㄨㄣˋ」。額頭特別寬。圓臉的輪廓中，眼鼻口全都集中在下半部。

她想起參加名單上的「吉井瞬」三字，一邊望向另一個小朋友。

這個孩子身材壯碩戴著眼鏡。名牌上寫著「ㄘㄨㄣ ㄍㄤˇ ㄧㄤˊ ㄐㄧㄝˋ」。雖然不記得在名單上看過，但想必是最通俗地寫成「村岡洋介」吧。

——我曾經從二樓跳下去喔。

瞬似乎對洋介這麼說。洋介當然指責他撒謊。但瞬還是堅持這個說法。

「不可以在這種地方吵架喔。」羽津希介入。「這樣多丟臉啊。」

誰叫他說謊。我才沒說謊。那你跳給我看。我才不要。你果然做不到。我當然做得到，但我偏不要做給你看——。

就算再三提醒，小朋友還是不肯停止爭吵。羽津希忍住差點不假思索發出的嘆氣。

「安靜！」

就在她慌忙把忍不住握緊的拳頭藏到背後時，

「那這樣好了。」

有個學生走到小朋友面前。是剛才一直站在羽津希背後的佑奈。

「監督你們不吵架本來是我的工作。——監督是什麼意思，你們懂嗎？」

兩人點頭後，一個抱著手提式攝影機的學生走過來。今天的參觀過程，會由畢業紀念冊製作委員拍攝下來做紀錄。

「可是你們吵架了。這是我的錯。我對不起你們。」佑奈說著把臉伸到兩人面前。

「為了道歉，你們打我耳光吧。」

兩人面面相覷。

「來啊，動手吧。」

兩個小鬼都一臉困擾地表情扭曲。還向後退。

「不然就要答應我乖乖和好喔。快點伸出手。」

兩個小朋友看起來不情不願地互握小手。

在跑來跑去的小孩堆中，羽津希有點憔悴。

最近，她在課堂上接連遭到嚴厲打擊。不只是風間和朝永，其他教官的課也是如此。當著在教場角落犀利注視的風間面前被問到高難度問題，她往往不知如何回答。

但風間和朝永此刻都有事不在，這個活動由總務課職員負責監督。

「小瞬不見了。」

就在只剩十分鐘便可結束參觀時，一個小朋友如此報告。

羽津希連忙告訴帶隊的老師，隨即發現洋介也不見蹤影，頓時引起小小的騷動。不可思議的是，佑奈也不見了。

大家四處尋找，終於發現三人時，是在操場角落的用具倉庫。就在那牆邊，佑奈抱著小瞬倒在地上。一旁的洋介正放聲大哭。

8

班會時間，第三教場室內，響起粉筆劃過黑板的刺耳聲音。

按照唸出的名字，負責記錄的美浦交互畫下橫線和直線。看著這樣逐漸形成的「正」字，懷念的記憶驀然重現。

黑板上寫著自己名字，底下記錄票數的場景她早已習慣。身為班級代表，國中和高中時自己的照片也有多次機會刊登在印刷品上。

在開票表決《翠鄉》封面模特兒由誰擔任的過程中，羽津希瞥向斜前方座位。

佑奈的位子失去了主人。

昨天，為了接住從梯子掉落的小瞬，佑奈在衝擊下跌坐在地傷到尾椎骨，今天也去了醫院。

雖不知是什麼導火線造成的，總之看似被佑奈哄住的小瞬與洋介，後來再次爆發爭吵，結果好像就演變成小瞬要爬到高處。

他們看上的是用具倉庫，以及靠在倉庫牆邊的梯子。在洋介的催促下，小瞬用梯子爬到屋頂上，卻不敢跳下來，蹲在上頭哭了出來。

算了你回來吧——看不下去的洋介如此催促，於是小瞬決定下來。可是他才跨出一隻腳，就不小心把梯子踢倒在地上。情急之下抓住屋頂的擋雪板才沒摔落，可是下半身已滑出屋頂邊緣，變成懸空垂掛在屋簷邊。

小瞬這時已經只能哭喊了。聽到他的聲音趕來的是佑奈。

佑奈判斷已來不及重新架好梯子，於是站到小瞬的落點下方，對小瞬說會接住他，叫他放手。在她還沒完全做好準備姿勢之前，小瞬的手就已鬆開擋雪板了，可見就算她沒有那麼說，小瞬的體力也到達極限了吧。

喀啷一聲，令羽津希的視線回到黑板。是美浦的粉筆折斷，掉到黑板的溝槽了。看著美浦撿起半條粉筆的手，她忽然發現。他的手指指根有瘀青。正好是握拳時骨頭凸起的部分。大概是每天做什麼鍛鍊的結果。

日前，津木田受到退學處分，又少了一人。風間教場的學生人數目前是三十五人。再扣掉缺席的佑奈，共有三十四人參與的這次投票，關係到自己的將來。

上了宣傳雜誌封面的職員，其實已被那個職場開除——縣府不可能容許那種失誤發生。只要當選模特兒，就算是風間再厲害，想必也無法逼她退學。

美浦畫完最後一條線。從開始開票到結果出來，就時間而言不到兩分鐘非常快速。

黑板上寫的候選人名字有二個。分別是「菱沼」和「枝元」。

佑奈拯救小瞬的事，今天的早報也有報導。各家報紙都說她平時就認真努力是個成績優秀的學生。因此羽津希早就料到佑奈應該會成為候選人之一。可是——。

無論國中或高中，自己向來以壓倒性的差距當選。從未在這類投票中輸過。

羽津希再次望向宣告破天荒事態的黑板。

「菱沼羽津希」下方的「正」字有三個。另外還有一個「一」。

一旁，「枝元佑奈」下方的「正」也是三個，但是另外附帶的是「下」。

她渾身冒汗。自己是寫上自己的名字投票。儘管她做了這種從來不曾做過的可恥行為，卻仍是得到這個結果。

面對周遭眾人，她只能先做出坦然接受結果的姿態。或許更正確的說法，是她甚至提不起勁咬唇低頭。幸好還沒有剪頭髮。否則萬一剪短了，就要被人看見太陽穴冒汗的醜態了。

「開票結果，確定由枝元巡查擔任模特兒。」

負責的學生這麼報告時，風間動了。他命令那個學生重新發下投票單。

「請問這是什麼意思？」發問的是桐澤。

「請你們再投票一次。」

風間拿起板擦，一口氣把佑奈名字底下的「正」字全部擦掉。

「很遺憾，枝元無法當代表。」

「為什麼？」

「因為宣傳雜誌的封面模特兒必須是在校生。枝元這個月底就要退學。」

全場哄然。

一聽之下，原來為了繼承老家的旅館，今後佑奈必須開始學習當老闆娘。早在一個月之前，據說她就已向風間報告過了。

太扯了。佑奈又不缺錢。不僅不缺錢，家境還相當富裕……。

「教官！」羽津希不禁雙手撐桌，抬腰從椅子半起身。「這是真的嗎？」

「妳認為我會拿這種事開玩笑？」

早在一個月之前就決定了？

既然如此，佑奈為什麼不立刻退學，到現在還在這個學校繼續努力當警察——。

9

走廊上邊走邊交頭接耳的學生們，商量著晚餐要吃什麼，不時還開開小玩笑，一起哄然發出笑聲。

一週之中總有幾個時段，校內的氣氛會忽然放鬆。週一的傍晚就是其中之一。熬過一週起點的安心感，似乎人人都有強烈的感受。

羽津希脫離去食堂的那群學生，獨自走向教官室。

這個時段微妙放鬆的氛圍，或許不知不覺也讓自己被感化？向風間遞出退學申請書的手，並沒有想像中那樣顫抖。

「噢？妳放棄了？可是，這是為什麼？妳好不容易才剛被選為本校的『招牌』。」

上週末重新投票後，自己被選為宣傳雜誌的封面模特兒，然而事到如今，那已無關緊要。

明知佑奈將要離開學校，風間卻瞞著沒說，命大家進行第一次投票。結果讓自己受到相當悲慘的打擊，可見與其說是敦促自己改過自新的手段，其實是一種懲罰吧。

風間慎重拿起桌上的黑漆茶杯，改放到略遠處，在騰出來的空間放下另一張紙。那是宣傳雜誌模特兒再次投票時使用的投票單。

「傷腦筋。我明明說過這個名字無效了，還是有人非要寫。」

風間用指尖輕敲寫有「枝元佑奈」的那張紙，接著把退學申請書靜靜放在那張紙旁邊。

「是我的錯覺嗎？」他沒用眼神，而是用左右扭動脖子的誇張動作，一邊比對著兩張紙一邊繼續說。「在我看來，這兩張的筆跡好像一模一樣。」

接著風間拿起退學申請書撕成兩半，放進垃圾桶。

「這次我就不追究了。因為妳那些臭毛病中的『第三項』似乎已經消失了。」

她什麼話也說不出。只能深深一鞠躬。

走出教官室，她快步前往的是視聽教室。

拉開遮光窗簾時，忽然想起大學校慶園遊會時穿的十二單和服。每次拽著厚重的布料時，穿和服時的記憶總會重現心頭。

完全遮住夕陽後，她打開投影機。

今天接下來預定舉辦佑奈的送別會。當然是非正式的，只有自己與佑奈兩人的小聚會。即使是圓滿退學，這裡也沒有餘暇替離開的學生一一舉行道別儀式。

用「畢業典禮時要放映的影片編輯作業」這個名義，獲准使用視聽教室一小時並非什麼難事。

她已將與佑奈的合照做成投影片。她要悄悄辦一場只屬於兩人的放映會。她原本打算等片子放完了，再裝作若無其事地告訴佑奈自己也要退學，但那個預定計畫，不知是幸或不幸，就在剛剛不得不更改了。

打開投影機時，教室前門忽然有人出現。是佑奈。

「妳會不會來太早了？我還在做準備呢。主賓應該最後才出場。」

「我就是覺得坐不住。——我可以過去妳那邊嗎？」

從這邊看過去，此刻佑奈站在螢幕左端的位置。在這個狀態下打開投影機的話，她的制服和臉孔正好也會出現在影像中。

佑奈用手遮眉瞇起眼。羽津希對她招手，但或許是逆光太強烈讓她看不清楚。

佑奈避開投影機的燈光走過來，羽津希對她說：

「我們的約定還沒實現呢。」

「……約定？是什麼約定來著？」

「提振精神的方法。上次說要教妳，結果一直沒教。」

噢——佑奈似乎想起來了。

「妳救了幼稚園小朋友，被報紙和電視狠狠誇獎了一番。」

「是喔。我去醫院了，所以沒看到那種東西。」

「提振精神的方法，就是要在日記詳細記錄自己被誇獎的經驗。也就是說，只要寫『被誇獎日記』就行了。」

「知道了。我以後會在旅館的業務日記試試這一招。」

「另外，我還準備了一點小東西，希望妳不嫌棄。」

她遞出自己寫上「餞別禮」的小盒子。

「謝謝。我可以現在打開嗎？」

「請便。」

趁著背對螢幕的佑奈拆禮物之際，羽津希操作機器。

把DVD光碟插進放映機按下播放鍵，映現在螢幕上的，是那個採訪節目。此刻自己的臉孔被放大。隨即切換成佑奈。她像昨晚使用宿舍電視做的那樣，按下暫停鍵。

接著用放大功能，把此刻的畫面放大到極限。

宿舍的小電視簡直不能和這個比。這樣用兩百吋大螢幕看起來更明顯。

為什麼佑奈在這個節目看起來如此有魅力？答案就在這裡。

因為佑奈的瞳孔放大。放大到極限。

那顯然是面對意中人時的放大方式。

「謝謝。我會好好使用。」

佑奈露出笑顏，舉起從盒中取出的白手帕。

——原來妳這麼喜歡教官啊。我甘拜下風。

在內心如此自言自語的羽津希，繼續凝視螢幕上佑奈巨大的雙眸，以及那眸中倒映出的白髮男人。

第五話
桌上

1

每次都覺得這個模擬民宅很掃興。

無論在哪個家庭，廚房起碼都會掛著一條擦手用的毛巾吧。不要求要有細菌的臭味，至少在外觀看起來，應該要盡可能接近現實。欠缺那種顧慮令他看得很不順眼。

仁志川鴻拽著被汗水微微浸濕的襯衫袖子。雖說已過了中元節，像今天這種無風的日子還是很難熬。

「這是發生失竊案件的現場。在現場勘查時，要注意什麼呢？請把自己當成偷刑，回答這個問題吧！」

教「犯罪搜查」的教官服部，說話方式一如往常有點戲劇化。聲音聽起來絕對不悅耳，但是和現場這種虛假的氛圍倒是很搭調。

「用不著我多說，偷刑當然是指抓小偷的刑警。好，知道的人舉手！」

無人舉手。大家在這酷暑中，或許打算盡可能節省體力。抑或，難道是覺得這種程度的問題太難了？

仁志川微微舉手上前，不是因為「看我大顯身手」這種小家子氣的野心。主要還是出於不想浪費時間的單純想法。

「我認為是要注意犯人的犯案特徵。」

腦中翻開《竊盜案件的理論與實際》第二版。從記憶找出第三章中段的記述。

「此外，不只是積極的『作案手法』，不碰存摺、不破壞窗戶玻璃這種『不作案手法』也算是明顯的犯案特徵，因此不可忽略。」

「很好。謝謝你。」

似乎還是希望其他學生回答。服部的嘴角雖然勉強微笑，眼睛卻毫無笑意。顯然心裡有點煩。八成在想：怎麼又是你啊，仁志川……。

「那麼，請看這個。」

服部說著，把手裡的黃銅指揮棒指向地板。地上有兩種腳印。兩者的大小一樣。

「這裡有侵入者的足跡，請問有什麼特徵？」

這次的問題難度也幾近於零，但是自己好像不該再出風頭。

仁志川將視線從足跡所在的位置稍微移開，想像那裡有一具他殺屍體。

之前他曾想出某種「特殊課程」。是親身體驗如何偵查殺人案件。

他的計畫是向校務課申請場地，借用平時少有機會用到的預備教場數日。

同時，委託某位當過刑警的教官，在那個教場模擬出發現他殺屍體的現場。

屍體只要準備一個假人即可。最好盡量接近真人，因此最好採用人命救助訓練使用的寫實版假人，避免使用交通安全講習會使用的那種布製假人。

給假人套上衣服，事先在衣服口袋裡放點小道具。

之後，由學生們在現場勘查。在實際搜查過程中學習如何根據現場狀況查出被害者身分，進而推理犯人身分的一連串流程。

他找來內倉與兒玉這兩個和自己一樣希望將來畢業後分發到刑事課強行犯組[9]的學生，一起構思這個計畫。之後，由自己代表三人，向指導教官風間提案。那是上個月上旬的事。

「見卵而求時夜。」

聽起來好像某種咒語。那就是風間的答覆。即使他又問了一遍還是不解其意。

「如果不懂，現在就該立刻回自己的寢室翻字典。」

他急忙將聽到的話記在筆記本上，跑回宿舍寢室。

「見卵而求時夜」，據說是出自《莊子》的一句話。意思是「看到還沒有孵化的雞蛋，就希求公雞報曉」。換句話說，是「不考慮事物順序，操之過急想得到結果」。要從派出所巡查成為強行犯組的刑警，通常，必須先努力做好臨檢盤查和巡邏工作，累積逮捕自行車小偷及藥物犯這類實績。如此表現出自己的潛力後，才有機會負責拘留管理業務。然後在分局長的推薦下，考過刑警任用資格考試，之後還得歷經任用科教科課程，當幾年專辦竊盜案件的刑警。

不僅沒有經歷這些程序，基本上甚至還不是派出所巡查的人，就不必奢想什麼殺人命案的偵查了——這就是風間的答覆。

「這次請別的同學回答吧。」

服部的聲音，讓他的視線回到前方。

「那就請座號排在任志川後面的人回答。是誰？」

座號排在我後面的人——那不是能木嗎？他心裡很想嘖一聲。叫到此人，這次上課真的要卡住了。

能木毅人舉起的手完全感覺不到力氣。

9　強行犯組，專門偵辦殺人、搶劫、綁票、強姦、縱火等重大犯罪。

「你來回答這個特徵。」

服部把指揮棒指向足跡。不知從哪飛來一隻黑蒼蠅，停在棒子上。

「……我不知道。」

能木的聲音有氣無力。他打從幾天前就是這樣。今年夏天不巧碰上酷暑。已可聽見秋天腳步聲的現在，疲勞或許終於到達頂點？

不，八成是即將畢業的緊張造成的吧。曾聽學長說過：「這個時期，會出現很多學生因為害怕去第一線執勤而退縮，導致表現低落。」

風間教場的男學生如果按照高矮排列，身高一六五的能木是從前面數來的第二個。胸膛單薄。略顯駝背。體重可能勉強才到五十。鞋子的尺碼好像也才二十三號半。據說他的筆試成績非常好，但在體力方面還不知是否吃得消第一線的勤務。也難怪他會不安。

不過，據說他父親經營規模不算大的家居建材賣場，就算退學了想必也不愁找不到工作。

「這應該是一目瞭然吧。兩種腳印不是都只有右邊嗎！」

服部揮起指揮棒，用力敲能木的腦袋。從棒子飛起的蒼蠅，開始在上空盤旋。

「那我再問一題。這次如果還是答不出來，你就立刻寫退學申請。」

指揮棒這次抵在能木的臉頰上。

「雖然有兩種腳印，卻都是右腳的腳印。說說看這種狀況是怎麼回事。」

能木默默低頭。

服部把指揮棒尖端對著模擬民宅的玄關。現在立刻給我滾出去——就在他這句話冒出來之前。

「請等一下。」

用捲起的筆記本趕開飛過來的蒼蠅，仁志川再次上前。

「我來代他回答，能否請教官原諒能木巡查這一次？」

「……好吧。」

「我想，應該是侵入者兩腳都穿著右腳的鞋子吧。換句話說，這是犯人為了讓人以為有兩人作案故布疑陣。」

「不愧是我這堂課的高材生。今後我也很看好你喔。」

仁志川行個禮準備回隊伍。但他立刻駐足，因為當他抬起頭時指揮棒的尖端就在眼前。

「順便再問你一個問題吧。」

服部的指揮棒這次是抵在他的臉頰上。

「該怎樣減少竊盜受害？說說你的看法。如果答案太平凡——」

服部在眼鏡後方瞇起眼，那隻蒼蠅又停在棒子上。巨大的複眼對著這邊，讓他感覺這隻黑色的昆蟲彷彿是聽從服部命令的手下。

「那你就代替能木退學好了。」

「我認為，可以讓警察去小偷家偷東西，您認為如何？」

「你的意思是？」

「換言之，讓小偷也體會一下『被偷者』的心情。」

學生們全都笑了。服部制止大家。

「不能小看同學。這個意見還挺有道理的。仁志川的意見，換句話說也就是『讓犯人扮演被害者的角色以便促其反省』的做法。這種矯正法實際上很有效，是已經被明確認可的做法喔。」

2

「在任何縣市都有所謂的『責任居民制度』，對於每一位居民，地域課都有固定的負責員警。」

在黑板前緩緩走來走去說明的風間，看起來有點累。

下個月學生就要畢業了。或許對指導教官而言，這正是最勞心傷神的時期。

「我們縣警局規定『針對獨門獨戶的一般家庭，負責員警一年至少必須巡迴聯絡一次以上』。」

風間的聲音今天依舊穩重，低沉，充滿說服力。

「見卵而求時夜」。比起那種古典式的嘲諷，

——麻煩跟我回警局。

——你也差不多該全部招出來了吧。

——我要逮捕你。

類似這種刑警連續劇的標準台詞也行，總之真想聽聽用風間的聲音說出逼問犯人

的台詞。比起專業演員，聽起來肯定會更順耳。

據說風間曾是強行犯組的刑警。而且好像還是怪物級的辦案高手。如此一來，就更想直接請教他了。

八月二十四日的第三堂課。風間繼續講述巡迴聯絡，但仁志川沒看「管區警察」的教科書，而是偷偷翻開《重大案件偵查實錄》這本書。

從圖書室借來的這本書上，沒有價格標示。可見這並未在市面出售，是只有警界人士才能閱覽的書籍。書的後半段，也刊出多張某殺人案件的現場照片。

據說那是昭和中期，山間地區的某戶獨棟民宅發生的案件。先是民宅外觀。接著是玄關，走廊。然後是案發現場的房間。按照這種順序刊出畫質粗糙的黑白照片。

翻到下一頁，是被黑線遮住眼部的受害者蓋著棉被死亡的樣子。接著是掀開棉被拍攝穿睡衣的樣子，以及脫掉睡衣的內衣照，最後是全裸照。

從外至內。雖不知如今是否也是按照同樣要領，但就該書所見，殺人現場的拍攝方式，昔日似乎有一定的規矩。

被害者的太陽穴出血。照片下方的文字註明「死因是遭鈍器毆打頭部側面造成腦挫傷」。

「好，」在黑板前走來走去的風間忽然停下腳。「現在就來練習一下巡迴聯絡時，如何和居民打交道吧。桐澤，你扮演居民。至於警察——能木，可以請你到前面來嗎？」

能木立刻從仁志川背後的位子起立。仁志川連忙悄悄把書拖到面前，以免攤開的書被看見，並且望向教場前方張貼的本月課程表。

接下來第四堂課是朝永的逮捕術。從今天起連續幾堂課都要在操場而非道場學習防身技巧。犯罪搜查及鑑識等自己有興趣的科目要等到後天才有課。

「還有仁志川，你也過來。」

他大為意外。為了掩飾驚慌，喉頭似乎反而過度用力。回答「是」時聲音拔尖走調令他暗自臉紅，一邊拿起巡迴聯絡簿站起來。

「假設這個桐澤家有一名幼兒。這點要先記住。——好，仁志川，先從你開始做家訪。」

仁志川點頭，和扮演居民的桐澤面對面。

「我來做巡迴聯絡。」

到此為止。接著就不知該說什麼。呃……。呃……。他在口中嘀咕兩三次後，好不容易才擠出話。

「請問一下，有沒有什麼異狀有沒有？」

後半句變得怪異又繞口，是他極力想多爭取一點時間造成的結果。

「警察先生啊，」桐澤誇張地抓抓腦袋。「你這個調查到底有什麼目的？是強制性的嗎？我家可沒有任何問題需要勞動警察喔。」

這次，他是真的說不出話了。

風間手插在腰上。「你怎麼了，仁志川？要摸摸鼻子老實退回派出所嗎？」

「不。」

拒絕巡迴聯絡的人們之中，或許潛伏著激進派人士或指名通緝中的嫌疑犯。當然不容許這種默默撤退的怠慢。可是話雖如此，他也想不出該怎麼說服對方。

「能木，你來扮演一起出勤的同事支援仁志川。你做得到嗎？」

果然，能木今天依然沉默。

「我記得你說過想走防犯那條路是吧？」

「……是。」

「我認為巡迴聯絡也是防犯的基本，不是嗎？如果你也同意，那我希望你回想一下桐澤家的特徵是什麼。」

「……有幼兒。」

「那你能針對這一點說點什麼嗎？」

能木微微吐舌潤唇，

「我們這個查訪並非強制性。不過，如果小朋友迷路被派出所保護時，我想應該有助於立刻查明身分。」

能木低沉的聲音毫無張力，但是說話的內容，至少具有讓聽眾同意的說服力。此刻雖然狀況不佳，但基本上是個優秀的男人。

「好，表現不錯。——話說回來，有時即使如此對方還是會拒絕配合巡迴聯絡。為了預防那種情況，我教你們一個訣竅吧。那就是事先去你負責的區內所有房仲公司走動。當地的情報，不管怎麼說都是他們最清楚。行有餘力的話，也可以和宅配業者打好關係。」

說到這裡，風間忽然態度一轉拉下臉。

「仁志川，以你這種表現，居民會向總局或分局投訴喔。你一個人會害得警察整體的評價低落。」

「對不起。」

「如此一來，此刻在這個教場的成員中，將會有人處於特別為難的立場。你猜那是誰？」

仁志川看桐澤。「應該是，居民吧？」

「不對喔。」

「那麼，」視線轉向能木。「是一起出勤的同事？」

「也不對。」

他放眼環視教場。「全體同事嗎？」

「不對。」

說到這裡，只剩下一人了。他瞥向風間的臉。

「是的。教官會很困擾。『那種笨蛋到底是哪個教場出來的？』我可能會被人家這樣羞辱。」

「……對不起。」

「如果真的覺得對不起，犯罪搜查以外的課也得用心好好上。」

3

跑完第七圈，大腿已經抬不起來了。

在大學教授經濟史的年輕講師，總是西裝配球鞋來上課。那樣為何絲毫沒有給人不倫不類的印象呢？穿衣穿鞋好看的祕密究竟藏在哪裡，總讓他感到不可思議。

不過，即便是那位講師，恐怕也無法模仿此刻跑操場的學生。

柔道服配襪子，以及慢跑鞋。這副打扮就算眼前堆著金子，他絕對不敢出校舍，但在跑完八圈操場當作熱身後，他就這樣走向飲水台。

哨音響起，是在他正要伸手扭開水龍頭的前一秒。

「集合！」

朝永從背後飛過來的聲音，彷彿抓捕家畜時拋來的繩圈。

仁志川轉身快步去升旗台前整隊時，助教已經拿好點名簿。

「全體注意，盡可能大聲回答。——藥師寺！——持塚！——宗像！」

朝永偶爾會從後往前倒著念點名簿。她這種怪癖，對於在三十四人中排第十五個的自己倒是很歡迎。現在他只想盡可能多一點時間調整呼吸。

「美浦！」

有！——緊挨身旁的美浦回答。他本人或許以為是張開喉嚨深處，口齒清晰地發音，可是實際上，「ヌ」的聲音中途分岔，變成驟然洩氣萎縮的氣球。

朝永的臉色一變。用嬌小身材難以想像的大步伐，一瞬間就縮短了五公尺的距離。

「解開腰帶，露出肚子！」

美浦不解朝永的意圖，眼眸四處游移，可是當下氣氛不容發問。結果他還是默默聽從指令。

「把褲子往下拉！」

「啥？」

「你想叫我再說一次？」

「不。我聽見了。」

美浦拎著褲子的大腿側邊，向下扯了五公分。

「繼續。」

褲腰已拉到肚臍。

「繼續。」

周遭冒出的低微笑聲中，美浦雖然有點臉紅，還是把褲子又向下拉了五公分。

「合掌！」

仁志川的腦中起初浮現的是「合唱」這二字。美浦似乎也沒聽懂，費了一點時間才終於在胸前比出雙手合十的動作。

「保持這個姿勢做一次深呼吸。」

美浦聽命行事之際，朝永回到原位，重新拿起點名簿。

「再說一次。美浦！」

「有！」

這次的回答，聲音宏亮得出乎意外。

「停止合掌。穿好衣服。——植村！——保崎！——菱沼！——秦山！」

美浦把拉下的褲腰拽回肚臍上方。

「——能木！——仁志川！」

仁志川回答後，保持面向前方的姿勢，傾身湊近美浦的臉。

「把褲腰拉到肚臍下方後，好像就比較容易意識到臍下丹田。」

為了怕朝永看到或聽到，幾乎是雙唇不動地如此囁嚅後，美浦也保持直視前方的姿勢微微朝他點頭。

「還有，雙手合十時，手肘和肩膀的位置會放低，所以橫隔膜好像也會下移。」

剛才美浦是被動意識到丹田，做出腹式呼吸。難怪會比較容易發出聲音。

把手放到肚臍，正打算自己也來意識一下丹田時，朝永狠狠合起點名簿。

「仁志川，過來。」

又被指名了嗎？他忍住差點想嘖一聲的衝動，快步來到朝永面前。

「聽說你將來希望成為刑警，負責偵辦殺人案件是吧？」

「是！」

「那你應該很了解殺人手法。你知道赤手空拳也能殺人的方法嗎？」

他覺得自己應該知道好幾種，當下姑且先點頭。

「那你就用我當對象，比畫給我看看。」

仁志川抬起雙手，大拇指假裝戳朝永的雙眼。這是他當下想到的第一個做法。

「用這招挖眼球。這樣會讓對方完全喪失戰意倒向地面，接著再把全身重量放在腳跟踩對方的心窩。」

朝永插腰嘆氣。說了一句「真是夠了」。

「這種攻擊法只有漫畫或電影才會出現。現實生活其實更樸素。」

朝永說著右手一動。下一瞬間，手刀已經水平砍向他的喉頭。當然是及時停住沒碰到他，但他已經身體僵硬，無法呼吸了。

「光是這樣人就會死。一旦喉嚨被攻擊，內側黏液就會讓氣管堵塞，無法呼吸。」

目送朝永的手緩緩離開後，仁志川這才吐出一口氣。流過腋下的汗水異常冰冷。

「你好像連續劇看太多了。如果不好好正視現實，總有一天會受傷喔。」

行了，朝永朝學生們的方向抬下巴示意。他行個禮後歸隊的步伐有點沉重。

4

——巡迴聯絡時必須事前擬定家訪計畫。重新確認對方在家的時間和週幾，注意不要白跑一趟。也有必要事前調查當地的話題、活動、犯罪發生狀況等事項……。

八月二十五日的課程在第五堂下課全部結束後，也不覺得太累。可是小跑步經過走廊的步伐很沉重。由於輕微的緊張，也有點喘不過氣。

——還有，也不可忘記攜帶巡邏卡、宣傳報紙、防犯傳單……。

放學後來第一預備教場報到——被風間如此吩咐是在今天午餐時。風間沒說是什麼事，但他猜得到。八成是「管區警察」這堂課的課後輔導。

仁志川推開第一預備教場的門。

室內的桌椅，都被推到後方。空出來的前半部已有人抵達。但那不是真人是假人。是救助訓練用的寫實版。那具假人，此刻以仰臥的狀態放在地上。

假人的周圍放了五張椅子。

不久門開了，看到內倉和兒玉走進來，他這才徹底明白這個事態是什麼意思。之前被打回票的提案，最後風間還是接納了。

之後風間出現，命大家坐下。仁志川在其中一張椅子坐下時，輕微的興奮令他手心冒汗。

不過，風間為什麼會臨時起意開始這堂課？唯獨這點，他還是摸不著頭緒。他望向五張椅子之中剩餘的那一張，一邊思索理由，但他想不出任何線索。

風間靠向椅背，微微交抱雙臂後，閉上眼睛。但是合起眼皮的只有左眼。右眼是睜開的。看起來就像在擠眼。

「很久以前，反抗納粹的法國地下組織中，據說有盲眼的隊員。」

搞不懂風間打算說什麼，不過聽到「盲眼」這個名詞，讓他察覺此刻風間正處於那種狀態。右眼雖是睜開的，但那是假眼。

「那個隊員被分派到的任務，是盤問新人。因為失去視覺，他的嗅覺和聽覺異常發達。他從對方發出的氣味和聲音，就能以驚人的正確性找出今後可能會背叛組織的人。」

風間的擠眼。這一幕雖然很詭異，不可思議的是，仁志川的目光卻無法離開那張臉孔。

「很遺憾，我似乎沒有那麼強的能力。你們將來究竟是會背叛我的期望，抑或是如願成為刑警，目前我無法預測。」

風間緩緩睜開左眼。

「但是，至少我可以先告訴你們一句話。——不要死。」

三人面面相覷後，仁志川代表大家開口。

「教官這句話，是什麼意思呢？」

「有些派出所巡查因為當不了刑警，就在悲觀之下舉槍自殺。這種案例在全國各地發生過很多次。所以，我的意思是叫你們不要那麼鑽牛角尖。——話說回來，你們看看這個。」

風間指著地上的假人。

「按照你們之前的提案，我重現被害者被發現時的現場。你們就當這個假人是被撲殺的屍體。看你們能夠從這具屍體解讀出多少情報，這就是我出的課題。——我再說得更具體一點吧。我希望你們從一具屍體推理出兩個人物的形象。也就是被害人和犯人。」

風間在假人身旁蹲下。仁志川三人也跟著蹲下。

「這個受害者有一些隨身物品。其中也包括犯人遺留的物品。如果是現實中的犯人大概會帶走，不過這次基於偵查實習這個目的，我特地留著。對此，你們可以利用休息時間或放學後的空檔自行調查。我可要先聲明，如果有現金，那是我自掏腰包的零用錢。」

所以可別一不留神就放進自己的錢包。——風間這麼補充後，讓現場的緊張稍微緩解。

「我已拜託校務課幫忙，為這次特別教學借用這個教室五天。在這段期間你們要充分發揮推理力和觀察力，有必要的話也必須做調查，然後想出答案。」

彷彿就等風間說完的這一刻，門開了。

「我遲到了。對不起。」

又一個學生進來。像大家一樣，來到假人旁邊蹲下。

「偵查分成兩人一組進行。因為刑警都是搭檔行動的。」

風間指示內倉和兒玉搭檔成為第一組。仁志川自動自發和剛才才進來的學生——能木搭檔組成第二組。

「五天後，我希望兩組都把偵查結果寫成報告交給我。之後，由小組代表做口頭發表。」

是！——自己回答的聲音比內倉快了一點點。

「今天只看。從明天起再實際觸摸這個假人做調查。」

風間站起來了，於是四人也跟著起立。

「在那之前，先稍微做個偵查練習吧。假設你們現在接到通知，趕到發現遺體的現場。我現在教你們這時該注意什麼。」

風間擺動右手，以假人為中心畫出一個大圓圈。

「鑑識活動有『從外圍至內部』這條鐵律。如果是這種殺人命案，要假想一個以遺體為中心的圓圈。從圓圈外圍開始採集證物，同時慎重地逐漸接近中心。」

他想起昨天上風間的課時偷看的那本書。書上的照片理論和風間的說法吻合。

「如果無視於這條鐵律，粗心大意地接近遺體周邊，重要證物可能會被鞋底踩扁所以要注意。一旦犯下犯人歡迎的失誤，你們就會立刻從憧憬的刑事課被打回原形，退回原來的派出所勤務。」

第一組的兩人表情認真地把風間的說明抄在手冊上。可是能木還是照樣在發呆。

仁志川也沒有做筆記。風間此刻說的這種內容，他早已視為理所當然的知識鐫刻在腦海。

「除此之外，一般來說來需要注意什麼呢？」

內倉舉手。「要判斷是自殺還是他殺或自然死亡。」

「沒錯。那麼要怎麼判斷呢？在這種狀況下，如果是專業的一課[10]刑警會先看某個著眼點，那是哪裡？」

內倉答不出來，於是仁志川決定拔刀相助。

「應該是手。換言之，是『命案之手』。」

如果是自然死亡，死者的手多半會無力垂落。自殺也是。可是命案現場的屍體不同。凶手在殺人之後往往因某種原因移動了遺體，導致死者的手臂或手掌呈現不自然的形態。這就是被稱為「命案之手」的現象。

他並不想得意忘形，可是終於如願接受特別課程，好像忍不住太興奮了。回過神才發現自己比手畫腳地還在喋喋不休。

10　一課，搜查第一課，負責偵辦殺人、傷害、搶劫、縱火等案件。另外，二課負責詐欺、盜領公款等智慧型犯罪，三課負責竊盜、贓物案，四課負責偵查暴力組織。

「和『命案之手』一樣，也有所謂的『不構成案件的腳』。如果腳邊的物品沒有被踢倒，便可視為沒有打鬥痕跡，會因此減低他殺的嫌疑。因此，也必須留意觀察下半身的形狀。」

眼前的假人，無論是手或腳，基於塑膠製品的特性幾乎都是筆直的狀態。這次課程如果沒有「殺人案件的模擬偵查」這個名目，本來需要更多材料才能判斷是他殺。

「好。還有什麼？」

仁志川把自己能想到的現場保存、採集指紋與毛髮等必要措施一一列舉出來。但風間的表情還在示意他繼續列舉。

已經想不出來了。就在他不知所措之際，風間望向教場前方的角落設置的內線電話座機。

「要調查現場的電話。如果是固定電話，有一項服務可以告訴你別人打來的電話時間及號碼。只要拿起話筒撥一三六就行了。如果是辦公大樓內的電話有時會查不到。不過如果是個人電話，只要用這麼簡單的方法，就能確定打到被害者家中的最後一通電話來自什麼人。但這是要收費的，這點必須注意。」

風間的傳授令他心跳加快。這可是在桌上學不到的現場智慧。仁志川慌忙取出筆記本。

「當然也可以向電話公司請求調閱來電紀錄。不過，時間拖太久可能會讓犯人逃走。偵查行動嚴禁偷工減料，不過節省時間也同樣重要。要盡量吸收便利的知識。」

他忙碌地來回看著風間的臉和筆記本，一邊回答「是」時，腹部變得相當用力。

「那就從明天開始。無論是什麼案件，受害者都在地下垂淚。希望你們抱著死者家屬的心態去偵查。」

5

翌日傍晚，仁志川對著鏡中的自己不滿地嘆氣。

身高雖然超過一百八，卻瘦得像竹竿。如果要對付強行犯，想必肩膀和胸膛都有必要更厚實。眼神也不夠銳利。等這次刑警講習結束，一定要加強肌肉訓練。

仁志川一邊這麼想，一邊去接能木。

「白手套和鞋套都帶了吧？」

能木從運動服口袋取出那兩個物件給他看。

「很好。——順便，我還準備了這個。」

仁志川把臂章交給能木。這是運動會時啦啦隊隊長佩戴的。他在用具倉庫發現，暫時借來一用。反正這個時期誰也不會用。臂章是透明塑膠製，做成袋狀。只要用麥克筆在海報紙寫上「搜查一課」夾進去，看起來就有模有樣了。

「偵查期間戴上這個吧。氣氛會截然不同，對吧？」

「……是啊。」

「我幫你戴上。」

仁志川將臂章附帶的別針解開。

一走到能木身旁，就把能木頭頂的髮漩看得很清楚。不知這是否也是體力欠佳的表徵，能木雖然才二十四歲，白頭髮已經很明顯。

他將臂章別在能木的運動服上。雖只是短短數秒的行為，但是近距離接觸「搭檔」，令他忽然想開開玩笑。

「其實，我就是這次的犯人。有本事來抓我。」

說完他拔腿就衝向走廊。一邊還微微扭頭，從眼角餘光看背後，能木好歹還是追來了。

偵查能使用的時間有限。他加快速度。雖說校方規定三步以上的移動必須快步前進，但是如果極端加速在走廊奔跑還是會挨罵。不過幸好，沿路一個教官也沒遇上。

等他用風間事先給的備用鑰匙打開第一預備教場的門後，能木這才終於抵達。

踏入室內一步之際，仁志川彎腰弓身。這是模仿穿過禁止進入的封鎖線。

「連續劇裡經常這樣做，對吧。」

看不出第一組已經抵達的痕跡。今天兒玉在圖書室輪值，似乎還無法行動。

能木想接近假人，仁志川卻站在入口附近抬起手制止。

「你忘記圓圈的鐵律了。還有，必須戴上這個。」

取出白手套和鞋套，順帶將浴帽也戴上。能木跟著照做。

從外圍至中心。一邊注意地上有無遺落證物，一邊緩緩接近遺體。

「那我們來檢查死者的遺物吧。」

雙手合十後蹲下，開始檢查衣服。

假人穿的外套是淺褐色布勞森外套。內袋縫著記名用的白布。學校或公家單位的這種備品，取的名字多半很蠢，果然這次也不例外，白布上用麥克筆寫的是「警察一郎」。

另一個口袋裝著香菸和打火機，還有許多張馬券。疊起來厚達一公分的那些馬券，不知是誰從哪弄來的，好像全都是真的。

也戴著廉價的手錶。是戴在左腕。

打火機是Zippo。看起來應該還挺值錢的。不知是什麼花卉，只見打火機單側雕刻著喇叭狀的花瓣圖案。

「能點火嗎？」

右手試握打火機。由於花紋雕刻得很深，即便透過白手套的布料，手心也能清楚感受到凹凸紋路。

用大拇指推起蓋子，試著摩擦露出的打火輪後，雖然火勢微弱，好歹還是冒出了火焰。

「能木巡查，你有女朋友嗎？」

他在蓋上蓋子時突然拋出這個問題，能木毫無驚訝的樣子，只是靜靜搖頭。

「那就好。」

「……為什麼？」

「如果要成為一課的刑警，有很多必須克服的難關。假使有家庭，妻子能夠理解你的工作是條件之一。如果發生了必須成立搜查本部的大案子，第一個月絕對回不了家。所以被提拔為一課刑警時，據說有些縣警局連警察的妻子都得接受面試。你知道嗎？」

能木搖頭。

「所以，我也刻意不交女朋友。」

假人的另一個口袋有皮夾。裡面有幾張千圓鈔票。同樣是真正的紙鈔。風間說是他自己身上的零用錢，看來並非開玩笑。

從褲子口袋什麼也沒找到。

他瞥向假人的腳部，穿的是綁鞋帶的皮鞋。鞋帶的繩結並不凌亂。鞋底是橡膠材質，他當下摩拳擦掌地湊近，檢視鞋底溝槽有無卡到細小的遺留物，可惜這個期待也落空了。

「目前能知道的，就是這個死者是右撇子。」

他站起來說。眼角餘光捕捉到能木在點頭，於是他接著又說：

「因為手錶戴在左手對吧。」

這是為了引能木上鉤的誘導。通常人們都認定，右撇子會把手錶戴在左手。但是根據調查，不管慣用哪隻手，其實百分之九十的人都會把手錶戴在左手。

「根據那點……我認為無法判斷。」

「噢？那要根據什麼才能判斷？」

能木保持蹲著的姿勢挪到假人的腳部。垂眼看皮鞋的鞋帶。

對。是打結的方式。這雙鞋子，是用右手繞圈，用左手纏上鞋帶。這裡表現出死者是右撇子的明確特徵。

巒厲害的嘛。他沒有這麼說出口，只是拍了一下起立的能木背部。

——接下來……。

老實說，他感到自己有點輕微的狼狽。只要看過一次現場遺留的物品，無論被害者或犯人，照理說應該可以立刻大致想像出人物形象。他一直是這樣在腦中描繪想像，可是現在真的置身在這種情境下，不可思議的是，腦中竟然一片空白。

「行凶者……」能木冷不防說。「應該是陌生人臨時起意吧。」

「你怎麼知道？」

能木的食指指尖對著假人的臉。「這裡沒有被破壞……」

慢著。不要繼續說了。仁志川朝能木伸掌制止。的確，如果是熟人犯案，往往會拿石頭之類的東西砸爛受害者的臉孔。

「的確是這樣沒錯，但也有很多案例並非如此。不能因為被害者的臉部沒有被破壞，就認定是陌生人臨時起意。」

雖然嘴上這麼說，但是此刻能木發揮的觀察力自己居然沒有，還是令他暗自懊惱。他又再次檢查了假人的褲子和鞋子，卻依然沒有得到足以構成人物形象的線索。

他感到陷入瓶頸，帶著能木先走到室外。

「據說犯人都會向左逃吧。」

他在束手無策下翻出腦中原有的知識。

「田徑比賽時跑者是逆時針，棒球比賽的打者也是以逆時針的方向跑。尤其日本是靠左側通行，比起右轉，左轉更輕鬆。人天生就已習慣『左邊』。所以犯人也會向左逃。」

以風間的作風，說不定連犯人的逃走路線都已事先設定好了。

他抱著這個念頭，一邊留意地上可能會有的遺留品一邊不斷左轉，可是什麼線索也沒找到。

6

「警察學校校內男性撲殺事件搜查本部」。

想像門旁有這麼一塊虛擬看板，仁志川和能木走進第一預備教場。

警察一郎的屍體，以及圍繞在屍體旁的五張椅子。還有電話。除此之外，此刻這個場所沒有任何顯眼的東西。

但是腦海中可以看見。搬進來的無數長桌，放在桌上的多台電腦，乃至堆在角落供人小睡片刻的棉被。耳朵也可聽見，響個不停的電話鈴聲和此起彼落的吼聲——。

想像著搜查本部殺氣騰騰的喧囂，體溫自內側漸漸上升之際，風間出現了，開始搜查會議。

首先是內倉站起來。

「那就由我報告一組的搜查結果。首先，關於被害者的人物側寫——」

內倉似乎也想趁此機會好好表現，已經化身為菜鳥刑警。這點，從他超乎必要的大嗓門就能清楚發現。實際上這是只有七、八公尺見方的小教室，但是此刻在他腦中，肯定已經變成面積大上好幾倍的大型會議室。

內倉報告完畢一坐下，仁志川緊接著翻開手冊站起來。

「首先，我要發表被害者的人物側寫。有鑒於被害者持有大量馬券，應可視為平時就經常出入賽馬場的人物。」

風間交抱雙臂。「繼續說。」

「還有職業，研判應該是餐飲業。」

內倉和兒玉似乎面面相覷。連自己都能感受到兩者之間瀰漫的尷尬氣氛。根據內倉兩人的偵查，被害者的職業是「賽馬場的情報販子」。這個結論只是根據大量馬券直接聯想，非常單純。

之後兩人的視線射過來。彷彿在催他快點往下說。風間代替他們開口了。「能否請你說明一下如此推理的過程？」

「我有個高中同學，現在在銀行櫃檯工作，我曾聽他這麼說過。」

仁志川戴上白手套。

「他說，從存摺和鈔票的氣味，可以知道持有者的情報。比方說，有時紙鈔帶有線香的氣味。這種時候，便可輕易推知那是收在佛壇抽屜裡的錢。」

「有意思。」

仁志川靠近假人。從布勞森外套取出皮夾，將紙鈔夾在指間。

「我忽然想起他說的那個，於是試著聞了一下警察一郎的鈔票。結果上面有食用油的味道。」

換言之，是風間事先讓鈔票沾上的。

「因此，我判斷是餐飲業。」

這次可以清楚發現內倉與兒玉交換視線。仁志川把紙鈔交給兩人。讓他們聞味道後收回，接著遞給風間。

風間用指尖將紙鈔對折，放進襯衫口袋。

「關於犯人的人物形象呢？」

這時仁志川望向能木。能木的臉對著地板。他從搜查會議開始就一直是這樣。

他把視線回到風間身上。

「被害者的臉部和指紋沒有被破壞的跡象。可見犯人和警察一郎應該不認識，是臨時起意的犯行。」

他盡量挺起胸膛說話，但聲音的氣勢還是很弱。關於犯人的人物形象，結果，只能交出和先發表的一組同樣的結論。

「你試過從哪方面來調查？」風間抱著雙臂問。「我是說犯人的人物形象。」

「主要是根據被害者持有的打火機。我懷疑那是犯人的，試著調查了一下。那隻打火機上面有雕刻，圖案是類似喇叭形的花朵。我去圖書室查過圖鑑，發現那是糯米條（Abelia）這種植物。」

「你查出了那個？幹得不錯。繼續說。」

「糯米條的花語是『好運』，是很適合出入賽馬場的人會拿的小道具。不過，我只查出這個，無法斷定那究竟是警察一郎還是犯人的所有物。」

「辛苦了。可以坐下了。」風間換個姿勢環抱雙臂，把臉轉向能木。「你覺得呢？」

能木一如上次那樣，先以舌尖微微潤唇。

「……我和仁志川巡查有同——」

「同一組所以同樣的意見嗎？原來如此。不過，你難道沒有你自己的推測嗎？」

能木微微張開的雙唇，小小吸了一口氣。但是並未立刻冒出話語。

「你家裡是經營居家建材賣場吧？」

「……是的。」

「以我的經驗而言，在那種環境長大的人，最能夠發揮敏銳的觀察眼光喔。這沒什麼好奇怪的。因為從小就看到各式各樣的商品。對於物品自然會鍛鍊出好眼力。」

最後能木終於緩緩起身。他也戴上白手套，走近警察一郎，彎腰蹲身，把手伸進布勞森外套取出打火機。

他用右手握著打火機，之後換到左手。接著又重複了一次同樣動作。

這時，視野角落好像有白白的東西閃現。或許是風間露出牙齒。

「犯人，與被害者……」

能木抬起頭，視線牢牢鎖定風間。

「應該彼此認識。」

7

模擬民宅一樓。放在客廳角落的防火保險箱，和自己家裡的很像。長寬深都在五十公分左右。是防火時間兩小時的米白色款式。

明明立志當刑警，小時候卻經常扮小偷玩遊戲。八向右四次。七十五向左三次。十三向右兩次……。耳朵戴著著玩具聽診器，無數次轉動號碼盤的觸感，至今仍留在手上。

「保險箱大致分為兩種。防盜保險箱和防火保險箱。」

服部將指揮棒的前端指向客廳角落。這是連一粒剩飯都沒有的獨棟空屋。或許是醒悟在這種地方只會越來越瘦，上週的蒼蠅已不見蹤影。

「防盜保險箱很昂貴，所以一般住宅內的保險箱多半是防火保險箱。這種保險箱只能防範火災，很遺憾，對小偷毫無招架之力。就算重達一百公斤，只要兩三人聯手就能搬走，所以說得極端點，防盜性等同於零。」

仁志川從成排學生中尋找能木的身影。

一時之間沒找到。

不算大的客廳擠了三十四人。堪稱是摩肩接踵的密集狀態。身高一米六的人如果躲在人牆另一頭，放眼望去還真無法立刻找到。

「反而會讓小偷一眼就知道這裡放了貴重物品，所以對闖空門的人而言，甚至是舉手歡迎的道具。話說回來，既然防火保險箱不可靠，那現金要怎麼放在家中才好呢？」

服部的問題，依舊無人舉手。

「那就請我看好的高材生來解圍吧。」

服部看過來。仁志川上前一步。

「……我不知道。」

「咦，這倒是稀奇。」

服部的臉上明顯浮現失望的神色。

「一個方法，是不要把所有的現金都放在一處，可以分散藏在家中各處。讓小偷多少得費一番手腳，覺得『已經找不到錢了』就此撤退。——好，我們稍微換個地點吧。」

在服部的指示下全體走出模擬民宅。

前往建築物南邊設置的簡易車庫的途中，不得不抬手壓住頭。因為風太大，戴在光頭上的帽子輕易就會被風吹走。

簡易車庫已備妥一輛上課用的汽車。是深藍色國產房車。後照鏡是二段式的，可見應該是便衣警車淘汰下來的車輛。

「接下來，我們要學的是汽車的竊盜案。」

這輛車曾經監視、追逐、逮捕過什麼樣的犯人呢……。服部用捲起的紙輕敲房車的車身時，以及觸動警報器響起警報聲時，仁志川都在恍恍惚惚地那樣想。

「好——」服部用遙控器按停警報聲。「請各位站在犯人的立場想想。假設你擁有可以打開任何車鎖的技術。就算如此，要偷車時，首先還是得先解除這個吵死人的裝置。為此，應該採用什麼方法呢。——仁志川，這次你總不可能不知道了吧。請你回答。」

他默默低頭，服部立刻把指揮棒伸過來。

「你該不會是不把我放在眼裡？」

「請等一下。」

這個聲音雖然低調，卻讓人感到從容不迫。同時，一個瘦小的人影穿過學生之間走到前面。是能木。

「我來代替仁志川巡查回答，請教官原諒。」

「……好吧。」

「讓車主自己解除警報就行了。像今天這種風勢強勁的日子，尤其是好機會。」

「繼續說。」

能木像剛才服部那樣捲起文件觸動警報器後，躲到陰影中。

「只要這樣等著，車主聽見警報聲就會過來查看，發現毫無異狀後，想必會立刻離開。同樣的動作只要隔著一定的時間多重複幾次，任誰都會以為是風太大，飛過來的東西撞到車身，之後就會關掉警報裝置。」

能木從陰影走出來回到原位後，從筆記本撕下一張紙，夾在車子的雨刷上。

「為求謹慎起見，只要這樣，比方說找個超商的塑膠袋掛在車子某處，就可以讓車主更加認定是風造成的。」

「很好。答對了。那我順便再問你，該怎麼發動引擎呢？」

「有人會把備用鑰匙放在儀表板或車內地毯底下，所以可以先找那裡。如果沒找到鑰匙就把點火裝置的配線接在一起。如果是有裝防盜鎖止系統的車子，就用解鎖器來解除。」

這部分大概是家居建材賣場的少東家才懂的知識吧。服部對這個對答如流的新出爐高材生露出的笑容，罕有地表裡如一。

8

疲勞造成輕微的頭痛。

左手是Zippo打火機。放在手心把玩的動作，有時變得很粗魯。

仁志川再次對右手大拇指吹口氣。

打從在這裡坐下後，已不知是第幾次這樣潤濕指尖了。因為報紙的縮印版紙張太薄很難翻閱。

他只要一有時間就會瀏覽本地報紙的社會版新聞。換作以往這是滿足職業好奇心的寶貴時間，但是唯獨今天不同。

不看鏡子也很清楚，自己八成兩眼充血。不僅是因為此刻追逐的細小鉛字，睡眠不足也開始雪上加霜。正好就在二十四小時前——昨天放學後的「搜查會議」以來，他的精神狀態就相當混亂。完全睡不著。從昨晚到今天凌晨，睡眠時間實際上恐怕不到一小時。

今天上課的表現也很糟。情緒低落，腦子停擺。尤其是向來應該最拿手的犯罪搜查課，表現更是嚴重失態。

又沒能成功翻頁，就在他獨自暗罵髒話時，忽然感到別人的動靜。

「辛苦了。」

聽到聲音抬頭一看，只見百葉窗透入的光線在桐澤臉上形成條紋。

桐澤似乎也打算翻報紙查資料，抱著三大本縮印版，在斜對面的位子坐下。

這裡是圖書室隔壁的資料室。這裡的椅子只有四張。桌子只有一張。就算沒有別人，也必然形成併桌的態勢。

桐澤坐下後還是一直盯著他。

「我有哪裡不對嗎？」

仁志川已經可以猜到年長三歲的對方會怎麼回答。

——沒有啦，我是看你臉色好像不太好。

「沒有啦，我是看你臉色好像不太好。」

即使每字每句都猜對了，也完全不覺得有趣。反而非常火大。桐澤的意思，也就是說他精神上的失調已經形諸於色。就算對方以前做過醫生，如果這麼容易被別人看穿內心，自己恐怕也無法勝任面對凶惡罪犯的工作。

「和你相反，能木巡查倒是變得很有活力。」

「大概是即將畢業的緊張一掃而空了吧。——對了，桐澤巡查，可以耽誤你一點時間嗎？」

他再次發話後，桐澤停下正要翻開縮印版的手。仁志川把昨天的特別課程概略告訴他後問道：

「在這種情況下，如果是你會怎麼推理犯人的人物形象？」

說著，他把徵得風間許可借來的打火機也拿給桐澤看。

「這就是被害者持有的打火機。」

桐澤接過來。雙手捧著，不斷變換各種角度觀察，沉思片刻。

「那個假人的臉部和指紋都沒有遭到破壞的跡象是吧。」

不愧是做過醫生的人，立刻注意到那點嗎？抑或是因為有醫學上的心得，所以才特別注重那個？

「對。」

「那麼，應該還是臨時起意的犯行吧——你自己是怎麼想的？」

「犯人與被害者……應該彼此認識。」

他並非故意惡搞。之所以將能木昨天的意見，從內容乃至說話方式都模仿，是因為想稍微了解能木的心理狀態。

「為什麼能夠這麼推斷？」

仁志川朝桐澤伸出右手。示意他歸還打火機。桐澤似乎事先就猜到他的意圖。他還沒有完全伸出手，桐澤已把打火機放到他的手心。

「因為，這並非警察一郎的所有物。」

「如此說來，打火機極有可能是犯人的東西，對吧——可是，這麼想的理由是什麼？」

「理由是這個。」

仁志川為了讓桐澤看清楚打火機，張開手臂用右手拿著，以大拇指掀開打火機蓋子。手指也搭在打火輪上，但是沒有點火。

接著，他把打火機換手，左手也做出同樣動作，但是這次點火給桐澤看，然後問道：

「你發現兩者的差異了嗎？」

桐澤微微頷首。

「打火機的雕刻，通常，是讓人拿在手裡時可以看見那一面的花紋。」
「對。可是這個打火機，如果用右手拿，花紋會藏在手心那面。」
「所以，可以判斷這是左撇子使用的打火機。」
「對。」仁志川蓋上打火機的蓋子。「另一方面，根據鞋帶的綁法，可以斷定被害者警察一郎是右撇子。因此，足以判斷打火機並非被害者的物品。」
「到此為止我懂了。可是，這點為何會和『彼此認識』扯上關係？」
仁志川乾咳一聲。不知不覺又用起自己本來的語氣說話。他打算再次扮演昨天的能木，模仿能木的說話方式，以及推理內容。
「如果不是自己的東西，最自然的推斷就是向別人借來的。那麼，是從哪借來的呢？那個打火機既然是祈求『好運』的物品，最大的可能性還是來自賽馬場這個地方。」
「我想也是。然後呢？」
不知是怎樣的天意安排，桐澤應聲提出的問題，湊巧也和昨天風間問的台詞一模一樣。
「可是在賭博的地方，通常借貸行為被視為禁忌。因為賭博最需要的就是好運氣，有很多人相信，如果把東西借給別人，自己的運氣也會跟著一起溜掉。」
「這種說法我也聽過。」
「可他還是借到了打火機。這不就足以證明，兩者絕非毫不相識的關係嗎？所以才會判斷犯人與被害者認識。」
「原來如此……」
桐澤閉上眼，摸著下顎。保持那個姿勢頻頻點頭，最後停止動作，緩緩睜開眼。
「不知怎的，我聽你說完後，」他的語氣充滿感慨。「也開始想當強行犯組的刑警了。這番推理，風間教官肯定也很滿意吧。」
是啊，他含糊點頭。
「真是不好意思。」
為自己剝奪桐澤的時間道歉後，仁志川又把目光放回報紙縮印版上。
五年前的八月版，報導了一則殺人案件。經營釣具行的四十幾歲男性，遭到一群少年殺人劫財，留下還沒上小學的孩子與妻子。
這個被害者是什麼樣的人物呢？他在哪出生，度過怎樣的少年時代？為何選擇這個工作，是如何與妻子認識的……。

其實在能木說出推理後，風間並不滿意。

——然後呢？

風間要求能木繼續說。

最後，幾個學生就在沉默中結束了那堂特別課程。所以其實還有說不清道不明的疙瘩殘留喉頭。

不過，若是現在，好像可以理解風間想要的是什麼答案了。

在一個避諱借貸物品的場所，偏偏那樣做了。這表示被害者與犯人之間肯定關係匪淺。想必可以稱為朋友。

被親近的朋友殺害。如果是這樣，被害者當時內心做何感想？

仁志川垂眼看著縮印版，也沒出聲，只用口型呢喃。

「被害者一定非常不甘心吧。」

這句話，或許才是風間想從學生口中聽到的？

想必風間之所以改變主意舉辦這次的特別課程，目的就在於此。因為現在回想起來，風間自己曾經明確說過一次。他說，希望大家抱著死者家屬的心態去偵查。

不該只是在桌上堆積教科書埋頭鑽研偵查技巧和知識。首先最重要的，是不可忘記傾聽現場遺留的被害者心聲……。

——見卵而求時夜。

看來這句話，今後將會暫時成為自己的座右銘。

仁志川用右手合起縮印版，左手拿起巡迴聯絡的練習簿，靜靜站起來。

第十八話

奉職

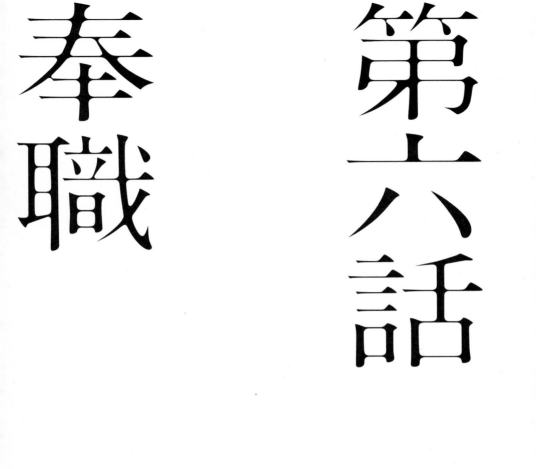

1

小時候，出於好奇，他曾把沾有顏料的黏土放進嘴裡。

隨即，腦中有紅光開始異常喧囂地閃爍。那不是該進入體內的東西，馬上吐出來——這樣的危險信號竄過全身的感覺令他感到恐懼，哭了好一陣子都停不下來。

此刻喝進嘴裡的果汁味道，令他鮮明回想起本已幾近褪色的當時記憶。

總之很難喝。

福利大樓的自動販賣機賣的罐裝蔬菜汁和瓶裝提神飲料。把兩者按照七比三的比例混合就會變成恐怖的味道。

不知道是誰發現的知識。都已經到即將畢業的九月，沒想到還會學到這種校內生活小知識。

紙杯中，還剩下一半摻雜灰色的綠褐色液體。

美浦亮真戰戰兢兢再次把杯子湊近嘴邊，右邊的桐澤篤，忽然拍了一下他的背。

「開心點。能夠感受難喝的東西很難喝，證明你很健康。」

——對於逮捕的嫌疑者，要判斷是否需要拘留時，該注意哪一點？

兩人針對這個題目輪流回答。不知第幾次輪到自己時答不出來，按照遊戲規則必須喝下傳說中的特製蔬菜汁當作懲罰。

他們輪流回答了「嫌疑者的健康狀態」、「嫌疑者的家庭狀況」、「嫌疑者的職業等社會立場帶來的影響」，再輪到自己時，就卡住了。

現在想想，其實還剩「被害者期望什麼樣的處罰」這個答案。

為了避免喝下去的東西吐出來，他摀著嘴把紙杯放回原位後，這才對著桐澤搖頭。

「不，比想像中甜。其實味道還可以。」

為什麼會脫口說出逞強的話呢？唯一能想到的理由就是不願向桐澤示弱的對抗心。

「不用懷疑。」

眼看桐澤傾身想湊近檢查杯子裡，美浦把空杯倒過來給他看。

「趕快繼續出題。」

「知道了。」

桐澤拿起地上的骰子，連續拋了三次。第一次是二，第二次是六，最後是四。確認數字後，他開始翻手上文庫本大小的教本。

「管區警察必備／基礎知識七〇〇」——教本前半部列舉出七百道問題，後半部刊出標準解答。桐澤垂眼看著以長尾夾裝訂後半部解答的教本。

「第二百六十四題——為了保護孩童不受犯罪侵害，身為警察，應該敦促家長注意什麼？」

他搜尋記憶。這是上課沒有教過的問題。但是縣警局生活安全課的課長來演講時他曾聽過。記得是在六月上旬——。

「平時就要掌握孩童的預定行程。」

「留意附近的可疑人物情報。」

「不要讓孩童獨自上下學。」

「給孩童準備防身器具。」

兩人再次輪流回答了一番後，又是自己接受懲罰。

「看來你正順利朝著學生總代表的寶座邁進啊。」

美浦說，桐澤微微露出嘴角的白牙。

「你呢？」

美浦緩緩搖頭。眼看快要畢業，心情七上八下，就算坐在桌前也往往立刻分心。

「有什麼好方法可以培養專注力嗎？」

「據說可以訓練自己定睛凝視某一點。單眼各三十秒。據說光是那樣就有效果。」

桐澤說這是圖書室某本書上寫的知識。

「好吧。那我下次試試看。」

說著又灌下一杯蔬菜汁後，從鼻子呼出一口長氣。

用這種方式將鼻腔深處附著的怪味勉強除去時，時間已過了晚間九點。窗外的鈴蟲叫聲，在這個時間聽來更清晰。

用指尖抹去滲出的淚水，他望向貼在寢室牆上的時間表。

隨著即將畢業，原本的課表也有更動，改成很多特別課程。

明天九月六日週一是正常上課。每個科目他都準備好了。

翌日星期二，上午要去市內的養護中心做看護義工，所以不用預習。第三堂課變成「指導教官講話」。據他所知，風間似乎會敘述以前任職刑事課時的經歷。那麼，這堂課應該也不需要事前準備……。

美浦和桐澤同時撕開傍晚先去福利社買來的點心麵包包裝袋。

吃完晚餐已過了三個多小時，肚子自然也會餓。這是事先去福利社採購，自備點心的讀書會。

美浦買的熱狗麵包，附帶番茄醬和芥末醬。兩個容器並排成一組，只要折起中間的部分，兩種醬料就會一起出來的容器被稱為dispen-pak。

「沒譜巡查——」桐澤忽然喊他的綽號。「小時候，大人給你準備過什麼樣的防身器具？」

「……你呢？」

「有定位功能的電子儀器。」

美浦撕破熱狗麵包的包裝袋。「原來你是小少爺。」

「大人什麼都沒給你準備嗎？」

桐澤從來不會邊吃邊講話。他會等嘴裡沒有東西才開口。從這點也可感到他良好的出身教養。

「不，有準備。」

「是什麼？」

「不告訴你。如果想知道，就得付出一定的犧牲。」

「犧牲啊。」

桐澤把麵包的空袋子仔細折疊成小方塊後放進垃圾桶。

「雖然不懂是什麼意思，但，那好吧。」

「不管受到怎樣的對待都不能抱怨喔。」

「好。」

「真的沒問題？」

桐澤點頭同意，看起來不為所動。

「那你把手伸出來。」

桐澤照辦。美浦把番茄醬和芥末醬的容器在那上方打開。醬料滴到桐澤穿的運動服袖子。桐澤驚疑不定的眼眸游移，美浦遞給他一張衛生紙。

「我拿到的防身道具就是這個。沒騙你。」

父親以前也是警察。不過只是個萬年巡查部長。家裡有房貸，又有其他兄弟姊妹，因此家計拮据，不可能有錢給他準備有定位功能的防身警報器。

父親當時只給他裝在包裡的調味料，教他「如果有可疑人物靠近，你就朝那人潑灑這個後趕快逃跑。」

只要對著犯人的眼睛潑灑就可以令對方視線不清，然後便可趁機逃跑。就算沒瞄準好，調味料灑到衣服和褲子上，那也可成為一種標記，有時會成為逮捕犯人的關鍵。而且，縱使被敵人搶走了，也不會成為反過來傷害自己的凶器。這就是父親的教導。

「原來如此。」桐澤摸著下顎，頻頻微微點頭。「廚房用品和食品類也能成為管用的防犯裝置啊。」

「對，不只是番茄醬，美乃滋也很有用。如果是小包裝，可以放在包包，也能放在衣服口袋。」

說話的同時，他感到自己忽然很想詛咒什麼。他和桐澤的成績同樣在全班名列前茅，彼此也都在競爭學生總代表的席次。但如果就經濟方面來比較成長經歷，他似乎望塵莫及。

「醋那樣氣味強烈的東西也很管用。還有胡椒粉，只要小心別弄到自己臉上，也相當有效。」

臉頰之所以感到微微發熱，或許是因為忍不住過度饒舌弄得自己有點羞恥。只要吃了虧就非得還以顏色才罷休。自己這種個性，不管活到幾歲都不可能改變。

「總之，這麼便宜又方便的武器上哪再去找。」

「不，那可不見得。」桐澤右手握拳，將視線對著它。「說不定有喔。」

美浦望向桐澤，只見他把拳頭舉到臉的高度。

「就是這個。」

桐澤將拳頭擊向手心後，在美浦眼前像要表達十這個數字那樣張開雙掌。

「來啊，你還愣著幹麼。試著打我。」

美浦將右拳打向桐澤的手掌。揮出手臂——不，只是伸出而已。

「所以說你那樣軟弱怎麼行。小心又會遭到朝永助教愛的鼓勵喔。」

夠了，你滾吧——在那句話說出來之前，桐澤已經站起來了。

在他關上門的同時，美浦抓起空的醬料容器，狠狠扔進垃圾桶。

2

行個禮走進週一傍晚的道場後，美浦一如往常，從用具箱拖出打擊架。

打擊架的形狀，說穿了就像歪掉的體重計。底下是正好等於一張榻榻米面積的底座，較短的一邊，有寬十五公分、長一．五公尺的杉木板，藉由金屬釦和螺絲固定成縱向直立的形式。這塊杉木板上綁的如果不是草繩而是計量器，多少也有點像人測量體重時用的道具。

晚餐時間的道場內除了自己沒別人，他重新綁緊柔道服的腰帶，站到打擊架上。盯著杉木板頂端纏繞的稻草，擺好架勢。

使用稻草打擊架時，必須牢牢鎖定攻擊的位置，掌握好距離。一開始絕對不能用力打。杉木板很有彈性。如果勉強用力揮拳，那股衝擊的力道會反彈回自身，傷到自己的手腕。

他一邊回想朝永之前教的，一邊繼續出拳。起初輕輕打二十下，漸漸加快力道和速度，總計打一百下，這就是他最近的日課。

打從記事起，遭到暴力固然不用說，施加暴力也讓他卻步。每次出拳，都能感到拳頭中蘊藏心虛。

打了五十下，道場門口響起開門聲，他知道有人進來了。

腳步聲逐漸接近。但是美浦並未從打擊架轉開眼。好不容易才漸入佳境。他不想讓專注力中斷。他假裝沒發覺，繼續向前出拳。

「你是當成在揍誰？」

這個低沉又凝重彷彿直達耳底的聲音，顯然是風間。

現在才發覺身旁有人。——這種演技，他自認已不動聲色地夾雜在轉身的動作中。

風間的腳倒是脫掉襪子打赤腳，但是身上穿的是襯衫，領帶也沒解下。手裡拿著紅色和藍色的拳擊手套。

「當成犯人。」

他回答剛才的問題後，風間微微歪頭。

「什麼案件的犯人？」

他沒有假想得這麼深入。

「挾持人質躲在民宅與警方對峙的案件。」他說出臨時想到的答案，繼而又補上腦海浮現的說詞。「犯人想拒捕，所以我在壓制他。」

「你是會被交付那種大案子的人才嗎？為什麼不想個更符合自己身分的設定。」

他不知該如何回話，只能低下頭，撫摸一直緊握的拳頭。

「適合你處理的案件，應該是小混混打架鬧事吧——手給我看看。」

他把手心向上，雙手遞到風間面前後，被要求翻面。一天一百次的打擊，讓他的指根和第二關節出現瘀青。

「真是靠不住的手。沒有現場勤務經驗的菜鳥，看來就連仲裁小混混的糾紛都很危險，不能放心交給你。」

風間把藍色拳擊手套遞過來。

「把手套戴上。應該不用綁繃帶吧？」

風間遞來的手套沒有繩子，是用魔鬼氈膠帶固定，不需靠別人幫忙自己也能戴上。

一看之下，手腕處縫著毛氈布做成的「八」這個數字。拳擊手套是按照重量區分尺碼，聽說單位是盎司。他猜想這大概是八盎司的手套，一邊把手伸進去，內部立刻散發出嗆人的臭氣。他忍耐著綁緊魔鬼氈，卻總覺得只有手腕至手掌那一塊在接受某種嚴刑拷打。

「連怎麼擺姿勢都不會嗎？」

聽到風間這麼說，他才察覺自己雖然戴上了手套，卻想不出接下來該怎麼做，只是呆立原地。

「跟我來。」

風間離開道場的角落，走向更寬敞的地方。美浦跟在後頭的腳步有點跌跌撞撞。太過緊張令身體有點不聽使喚。

「基本姿勢是這樣。」

來到六十坪道場的中央，風間握緊雙拳，擺出所謂的戰鬥姿勢給他看。

「你照我這樣試試。」

美浦把體重不偏不倚地放在左右兩腳後，踮起腳跟，大腳趾的指根用力。收緊下巴，脖子略為伸長。左手與肩同高，右手放在下顎下方。這，就是他努力模仿風間此刻姿勢的成果。

「還行吧。」

風間解下領帶，摺疊成小方塊放在腳邊。接著戴上紅色手套，雙拳在胸前一再相碰後擺出招手的動作。他示意美浦出拳。

「不用客氣。打哪都行。打臉都沒問題。」風間豎起手套的大拇指，指向自己的右眼。「打這裡也可以喔。」

對著活生生的人出拳，依舊讓他心生抗拒。但他之所以能夠把右手手套對著風間的胸口戰戰兢兢地伸出，大概是因為剛才做的打擊架練習還有餘韻殘留身體吧。

風間用紅色手套擋住他緩慢的攻擊。半調子的撞擊聲頓時在寬敞的道場空間迴響，旋即消失。

「別讓我太無聊。如果你這麼客氣，那就由我開始攻擊。」

風間說著立刻弓腰，這個動作令美浦幾乎是反射性地後退一步，屏住呼吸。風間倏然瞇起的雙眼，宣告著接下來要開始的並不只是遊戲。

「動手之前，我先簡單教你一個防禦方法吧。把前臂抬到臉部前方擋住對方的拳擊叫做阻擋（blocking）。屈膝放低姿勢，從拳頭下方躲開叫做閃避（ducking）。還有，上半身後仰閃躲叫做後閃（swayback）。這三者之中，你可以使用任何一種，或者自由組合，來躲開我的攻擊。」

話一說完，風間的肩膀就動了。下一瞬間，凌厲的右上勾拳掠過心窩。

他用風間剛才教的後閃，驚險閃過攻擊。只要再慢那麼一秒，沉重的拳頭就要嵌進胃袋了。

「剛剛才教過的你就忘了嗎？你的防守破綻百出。」

回過神才發現，自己的雙臂已垂落到腰部。他慌忙重新夾緊雙脇，做好防備。

「對了，我去年帶的那班學生之中，有人曾經做過職業拳擊手。他告訴我，要在這種比賽獲勝，最有效的方法就是瞄準對手的身體出重拳。這樣慢慢削弱對方的力量是最確實也最有效的戰略。」

風間的肩膀再次下垂。第二記上勾拳來了。這次是左邊。

他當下扭腰，右臂貼著身體，用手肘阻擋攻擊。防守時肚臍一帶受到的衝擊力道之重超乎預期。

風間藉由靈活伸展膝蓋巧妙地幫助攻擊向上方延伸，即便自己這種外行人也看得出姿勢老練——腦海閃過風間殘影的同時，美浦也把腰扭回來。光是這樣的簡單動作已費盡力氣。疼痛和恐懼令身體幾乎僵硬。

「我那個當過職業拳擊手的學生還說，被打的部位如果是下顎或太陽穴，還有力氣可以站起來。可是如果是身體受到重擊，不管怎麼掙扎都只能當場蹲下。要不厭其煩、鍥而不捨地持續攻擊身體同一個部位。個性執拗能夠做到這點的拳擊手才是最強的——這就是他的結論。」

風間的身影漸漸遠離。因為自己的腳自作主張地一步又一步向後而非向前。不過，風間也隨著自己的後退步步緊逼，所以兩人之間的距離還是沒變。

「好，該怎麼出拳你大致明白了吧。那你也該攻擊我了。」

最後那個「了」字說出的同時，風間已揮出右手。這次是直拳。筆直朝著自己的臉孔而來。

他舉起左右手阻擋。衝擊大得足以令全身顫抖。自己的手套撞到額頭。汽車撞上電線桿，安全氣囊炸開擠壓過來的想像畫面倏然掠過腦海。

他低頭承受衝擊時，狹窄的視野內，出現風間打赤腳的腳趾尖。比想像中還接近。

剛才的直拳是幌子。

察覺這點慌忙放下雙肘時，左上勾拳已經狠狠打中心窩。

強烈的嘔吐感襲來，雙膝驟然脫力。酸水一下子湧上喉頭。他用雙手的手套摀著肚子，忍不住就地蹲下。

他保持那個姿勢強撐了一會，但是最後再也無法保持平衡。結果跪倒在榻榻米上，繼而保持那個姿勢一頭向前栽倒，形成用額頭支撐身體的姿勢。藺草的氣味更加強了嘔吐感。

盯著自己在青色榻榻米上牽絲的唾液，好不容易抬起頭時，眼前放著風間脫下的紅色手套。

「你負責收拾——還有，」

手套上面靜靜放下一張紙。

「這個你留著。」

道場已光線昏暗，而且眼中滲出淚水，因此他費了一點時間，才看清那張紙的抬頭處印刷的「退學申請書」這行文字。

3

「心眼」。

映入眼簾的，是貼在黑板旁邊牆壁上的教場訓詞。由於早已看慣，那個字眼在意識中已完全化為風景的一部分，美浦對著那兩個字先閉上右眼。

在心中默數三十秒後，左右眼交換。

又過了三十秒時，教場前方的門開了，風間出現。

美浦一再用力眨眼，努力試圖濕潤乾涸的眼球。這樣眨著眼肅然坐正時，桌上的塗鴉映入眼簾。

1 桐澤篤……醫生
2 內倉俊司……忍者（主題樂園員工）
3 保崎明日香……侍米師
4 福井洋太郎……煙火師

5 藥師寺研……電子琴樂手

為了避免引人注目，這些字是用自動鉛筆輕輕寫下的。幾天前的午休時間，和鄰座同學閒談時，提到不如從風間教場的學生之中選出「前任工作最令人意外的前五名」。這就是他記下的票選結果。

符合「從原有職業轉行當警察的例子很少見」這點的只有桐澤，其他入選的學生都只是曾經從事「特殊職業」。像桐澤這種例子，或許已經不只是少見，堪稱絕無僅有了。

「我以前在刑事課時，經常做所謂的住宅搜索。簡稱搜家。接下來我就稍微和大家談談那個的實際情況吧。」

風間微微瞇眼。戴假眼的右邊和左邊眼皮比起來，只能合起一半。

「就算逼問嫌疑者把手槍和毒品藏在何處，對方也不可能輕易招供。那麼，當對方決定緘默到底時，對偵查人員而言最重要的是什麼呢？」

風間掃視全體學生要求大家自動舉手，但是沒有任何人回應。

「要成為一個值得尊敬的人。如果對方覺得你值得尊敬，嫌疑者自然也會願意招供。」

——所以唯獨個性與人格，希望你們好好磨練不要懈怠。

風間雖未這麼明白說出口，但美浦內心已經聽見了。

「話說回來，在我經歷過的案例中，曾經有犯人把作為凶器的手槍和五千萬圓鈔票藏在一起。發現的瞬間，當時在場的刑警眼色都變了。想必我自己也是吧。」

學生之間響起笑聲。

「換句話說，刑警也是普通人。——美浦，你呢？你不覺得那種有錢人很可恨嗎？」

美浦站起來。「當然。我會想要報復。」

「報復？什麼意思？」

「因為我的家庭並不富裕。」

「原來如此。我已經報復那個嫌疑者了喔。」

「教官是怎麼做的呢？」

「很簡單，在他出獄後，幫他找份工作。讓他認真就業。」

——最好的報復就是自己過得幸福。

這句話倒是經常聽到。還有另一句：

——最好的報復就是就是讓壞人變得比以前好。

這句好像也在哪聽過。此刻風間說的意思，如果聽說過後者就不難理解。

「不管怎樣，今後，你們之間也會不斷出現階級差別。警察的人生，就某種角度而言是與嫉妒戰鬥。最好趁現在先做好心理準備。」

風間在講桌的椅子坐下。

「那我們進入正題吧。比方說，假設我是幫派成員，是遭到警方搜家的屋主。我的嫌疑是持有毒品。——美浦。」

「是！」

他從椅子起立，用指尖搜尋長褲縫線的同時，也不由感到怪異。因為風間點名他回答時，口吻非常輕鬆。如果考慮到昨晚在道場的那件事，照理說風間的聲調應該更飽含深意才對。

「假設你是搜索行動的負責人吧。好，劈頭就問這個問題或許很奇怪，今天和明天，你會選哪一天搜家？」

美浦瞥向張貼著教場訓詞的牆壁。

「……我會選明天。」

「噢？通常都會覺得『打鐵趁熱』。如果按照常理來想應該會恨不得越早執行越好。你偏偏延後的理由是什麼？」

「因為今天是黃道吉日。」牆上貼的月曆如此記載。「如果是一般指揮官，我想大概會挑選黃道吉日以求搜索行動順利。問題是，對方幫派當然也很清楚這點，我想他們在黃道吉日應該會特別警戒。在這種日子行動並非上策。」

風間微微點頭，手臂放在椅子的扶手上。

「那麼，如果是你，會讓眼光最犀利的搜查員搜索哪裡？」

美浦繼續凝視風間。

「這就是我的答案。哪也不去搜索。」

「你的意思是？」

「我會讓搜查員盯著屋主——也就是嫌疑者。其他搜查員忙著家宅搜索之際，讓那個搜查員觀察屋主的視線望向何處。」

「不錯。」風間在胸前交握十指。「那正是人類的行為模式。緊急事態發生時，人的身體會轉向不想被人發現的東西那個方向。」

因此，搜家時最大的重點，就是屋主的視線和身體方向。

「人往往會有想保護自己重要東西的心態，所以自然會出現那種反應。藉由嫌疑者細微的小動作，就可以縮小搜查範圍。」

風間用緩慢的語氣說明，換個姿勢交握十指。

「那麼下一個問題。如果沒有線民提供情報，你會搜查哪裡？」

以背對黑板的風間為中心，美浦像要畫出半圓般繞著講桌走一圈。

「從這附近開始。如果是毒品，據說東西通常在嫌疑者伸手可及的位置。儘管知道應該放在櫃子之類不易被人發現的遠處，實際上好像還是無法戰勝想要隨時享受毒品的心態，往往忍不住藏在手邊近處。因此，只要命探員尋找嫌疑者坐的位子附近，我想多半會找到。」

「很好。那麼如果有收到情報時怎麼辦？假設值得信賴的線民告訴你，『嫌疑者把東西藏在沙發的縫隙。』」

「一定要我回答嗎？」

「……你的意思是？」

「別人好像很想回答。比方說，」美浦望向學生們。「桐澤巡查。」

「桐澤，你要回答看看嗎？」

無論是起立或上前，桐澤都沒有猶豫。但是，當他走近講台時，瞬間朝美浦這邊瞄了一眼。剛才風間說的話仍在耳中迴響。警察的人生就是與嫉妒戰鬥——。

既然是競爭，那就來比一比。桐澤的視線，大概是那種決心的表露。不只是桌上考試的成績，這種小競爭的勝負累積，肯定也會成為決定由誰嫉妒誰的要因。桐澤對這點似乎也同樣有清楚認知。

「如果是值得信賴的線民說的，那我想就算立刻搜查沙發也沒問題……」

風間微微點頭後，目光轉向這邊。他的表情在問：如果是你會怎麼做？

美浦走下講台，接近窗邊設置的收納櫃。

「如果是我，會先搜查這裡。——然後，」

他回到自己的桌子。彎腰探頭看抽屜。

「是這裡。」

接著他走去桐澤的桌子。

「其次是這附近。」

他走回講台，一邊來回看著風間與桐澤的臉。

「換言之，我會從情報指出的地點以外的地方開始找。」

「為什麼？我應該強調過那是值得信賴的線民。」

「正因為對方值得信賴我才這樣做。換句話說，是為了保護那位線民。如果按照情報一找就找到了毒品，線民將會遭到嫌疑者懷疑。弄得不好，甚至可能會被嫌疑者的同夥殺人滅口。」

美浦的做法才是正確解答。風間還沒這麼宣布，坐在下面的學生已有多人微微發出佩服的嘆息。

4

把五公分見方的小鏡子藏在左手手心，美浦看手錶。難以置信顯示日期的小窗出現的數字竟是「十」。

已是週末了。雖然早有覺悟越接近畢業時間大概就會過得越快，但他沒料到會快到這種地步。縱然想回顧這一週的生活，一時之間還真無法整理記憶。

視線從手錶回到鏡子，美浦用右手食指按著下眼皮。食指向下拉，做出扮鬼臉的表情。

眼瞼結膜和舌頭如果都是紅色的就證明很健康。這麼告訴他的是桐澤。

他對著鏡子定定看了十秒，確認每一處都是鮮紅色後抬起頭，視線順勢看到朝永。她正把側臉對著這邊，發通知單給最前排的學生。

九月二十八日（週二）上午十點起　畢業典禮開始

齊唱國歌

畢業生點名
頒發畢業證書
表揚並頒發紀念品
校長致詞
縣警局局長致詞
來賓致詞（縣公安委員會、警局分局長代表）
畢業生致答詞
齊唱校歌
典禮結束
上午十一點四十五分起 午餐
十二點四十五分起 與家人自由面會（中庭廣場）
下午一點十分起 歡送畢業生活動（中庭廣場）

從前面座位傳過來的紙上，簡單記載畢業典禮當天的預定行程。

「還有，明天星期六禁止外出。」

沒有任何角落發出抱怨不滿的聲音。大家早已接到通知，下午要上防身術的特別課程。

美浦再次垂眼看拿到的行程表。在「畢業生致答詞」上用鉛筆緩緩畫個圈。學生總代表是誰？照理說也差不多該宣布人選了……。

「全體注意，穿柔道服打赤腳在操場集合。一定要到。翹課的人就別想畢業，這點應該不用我多說。——還有美浦！」

被叫到名字，是在他正要畫完圓圈時。一抬起頭，就對上朝永瞪過來的視線。

「你的『不滿』，好像還沒消除啊。」

說完，朝永拉扯一隻眼的下眼皮，吐出舌頭。她的舌頭意外地細長。

「你剛才這個鬼臉，是對誰不滿。」

「……對不起。」

好像果然還是被發現了，但他並不驚訝。如果缺乏注意力，連學生桀驁不馴的態度都能簡單忽略，也不可能被提拔擔任助教這種重要職位。

「健康管理固然重要，但是也要看時間和地點。」

「我以後會注意。」

「班會到此結束。」

朝永走下講台，但是到了門前又再次停下腳。

「差點忘了說。總代表由桐澤擔任。——桐澤，你要準備致答詞。」

朝永走到走廊關上門。同時鐘聲響起，學生們絡繹離開教場。

美浦小跑步追上桐澤的背影。

「可以耽誤你一點時間嗎？」

他邊說話邊把手伸進制服懷中。取出來的是一個信封。

給桐澤看封面寫的「退學申請」這幾個字後，桐澤的視線在那行字和他的臉孔之間來回幾次，問他這是怎麼回事。

「其實我本來也想競爭總代表的位子。不過既然確定是你，那我也該毫不戀棧地切腹自殺了。」

「等一下，你別說傻話了。」

眼看桐澤似乎當真，他慌忙解釋是假的。

「這是風間教官給我的。照例又是『半死亡宣告』。」

或許早就料到會如此。桐澤的口中並未冒出「不會吧」這種問題。

「搞不好我不能畢業。所以我想趁現在至少跟你說一聲。謝謝你這段日子的照顧。」

桐澤朝信封伸出手。向他要求借看一下。他把信封交給桐澤，大概是想窺視內容，只見桐澤把信封對著天花板的日光燈舉起。

「你已經自己寫上名字了？」

「對。算是一種魔咒吧。只要事先填寫好，就不會落到真的得交出去的下場。至少我是這樣覺得啦。」

桐澤做出「多少可以理解這種心態」的表情把信封還給他後，他決定問問看。

「你該不會，還在介意吧？」

「介意什麼？」

「之前風間教官的課。搜家那個。」

「不，沒有。」

「老實說，圖書室不是有刑警任用科的教材嗎？我湊巧正好看過那個。風間教官在家宅搜索那堂課出的問題，也在那本教材上喔。書裡有提到『切勿忘記保護線民』。」

為了準備考試和桐澤互相出題考對方的那晚，接受懲罰喝蔬菜汁的次數是自己比較多。而且當時桐澤說他的攻擊方式太弱。被那樣挑釁後也沒有做個了結。

週二風間的課堂上，他之所以拖桐澤下水，自作主張地再次挑起競爭，理由想必也毋需特地說出口。直覺敏銳的桐澤，應該早已察覺了。

最好的證據就是，桐澤表情毫無變化地拍拍他的肩膀。

「就算是這樣，你也不是靠作弊知道答案的，所以你已經很了不起了。」

「總之，恭喜你成為總代表。今後肯定前途光明。」

警察學校時代的成績，今後將會跟著自己一輩子。升職，升級，人事調動。每次都會被當作參考受到重視。得到總代表的稱號想必只有好處沒有任何壞處。

「你這麼覺得嗎？」

桐澤的聲音有氣無力。不，他的聲音打從剛才就這樣，但美浦直到此刻才終於察覺他的消沉。

「其實最近我渾身發冷。原因只有一個。我害怕。我真的很怕去第一線執勤。」

桐澤把剛才拿到的行程表邊緣撕下一角，拿起插在上衣胸前口袋的原子筆，在紙片上寫字。接著用右手輕輕握住。

「所以我有時會這樣做。」

「那是什麼意思？」

「中國有所謂的包藥治療。」

醫生用玻璃紙包裹藥物，讓病人握在手裡。有時光是這樣便有治療效果。如果病人的身體已到了快要痊癒的階段，甚至不必用藥。只需在紙上寫「藥」這個字讓病人握著。光是這樣，會痊癒的人就會痊癒。

如此說明後，桐澤張開握著的手。可以看見紙上寫的字是「愚」。

「你是不是把『無』寫錯了？」

要克服恐懼就得心無雜念。常聽人這麼說。

「不，我的情況就是需要這個字沒錯。」

只要愚直地投入職務，就無暇感到恐懼。——這個字或許反映出那種目的。

「很丟臉吧。總代表聽起來威風，實際上卻是這副德性。」

美浦不知該如何回應桐澤的自嘲，只好拋出平凡的問題。

「寫紙條真的有效嗎？」

「誰知道呢。不如你自己也試試看？」

桐澤從行程表又撕下一條紙片，放到桌上。

美浦完全不知道自己該在這張紙片寫什麼字才好，就這樣準備拿起紙片時。

「慢著。」

桐澤把手蓋在紙片上。

「我來寫處方箋給你。」

他寫的字是「鬥」。

「沒譜巡查。你對警察不滿吧。順便一提，你不滿的警察是——」

「不是你喔，桐澤巡查。」

「那當然。怎麼可能是我，我猜八成是——你自己。」

「……你為什麼會這麼想？」

「因為我好歹是個醫生啊。只要是經常碰面的人，我大致都知道對方哪裡有什麼毛病。你總是在生氣。連一個人獨處時也是。所以我猜你生氣的對象只能是你自己。」

驀然回神才感到手掌刺痛。因為不知不覺把紙片握得太緊，指甲已陷進皮膚中。

5

「聽著，你們是站在救人的立場。如果你們自己受傷了，本來能救的命也救不了。防身術對你們而言，不只是保護自己的技巧。也是救助他人的技術。這點給我先記住！」

站在朝永的聲音發出回音的操場，美浦悄然閉眼。

只要腳底踩著沙子，記憶總會回到小學的時候。想起的不是學校的運動會，而是全家出遊的沙灘。

拿著球棒那麼長的棍子，將棍子前端抵著地面。

以那點為中心繞著棍子轉五圈。因為眼睛蒙著，已經毫無方向感。

放西瓜的地點是哪一邊呢？

蒙著眼睛之前看到的海面很平靜。沒有空氣游動，也無法從臉頰感到的風來推斷地點。

束手無策下敲錯地方，被弟弟妹妹嘲笑。他很懊惱，氣得快哭出來時，父親偷偷告訴他。

——要利用腳底。

敲西瓜是有訣竅的。矇住眼睛之前，只要先記住起點至西瓜之間的地面粗糙程度和凹凸起伏就行了。只要借助那些資訊憑腳底的觸感走去，便可輕易找到西瓜……。

「——我再重複一次。在室外沒有攜帶武器時如果遭到襲擊，必須利用身上配戴的物品和地面的東西來防身。這是應對的基本概念。懂了嗎！」

美浦盯著朝永的視線向旁移，瞥向站在略遠處的風間。

「那麼，現在開始實際演練剛才的說明。」

這時學生出現騷動，是因為站在後方的風間走到前面來了。

「今天特別請風間教官當對手。」

來到朝永面前，風間平靜地說：「有人自告奮勇嗎？」

果然，誰也沒舉手。

每秒都在加快的心跳，令美浦忍不住張嘴。光靠鼻子呼吸已經吸不到足夠的氧氣。

「我再問一次。」風間的脖子從左邊緩緩轉向右邊。「有人想當我的對手嗎？」

「有。我自願！」

嘶啞的聲音還沒冒出口之前，美浦已經舉起手朝風間邁步了。照理說已做好心理準備。可是跨出去的腳卻用不上力，彷彿是用別人的膝蓋在走路。

為了把已經送出一半的死亡宣判推回去，這大概是最後的機會了。絕不允許失敗。明知如此，不，正因如此才會兩腳發軟。

風間的視線一直鎖定在他身上，向朝永伸出手。朝永放在他手心上的，是一把橡皮刀。刀刃長十二、三公分的片刃刀。以前曾在哪聽說，是以美國海軍使用的戰鬥匕首為原型。

「首先，防禦術第一招。美浦，你試試。」

風間緩緩握緊模擬凶器。可是下一秒已經倏然縮短距離。

老實說，他甚至沒時間緊張。接近的風間一舉手一投足都沒有絲毫躊躇。食指和大拇指扣住護手盤，讓手指不會滑動，以慣用的那隻手握緊。刀刃向下。

他就這麼停頓片刻，什麼都無法做。

風間的肩膀動了。持刀那隻手的手肘微彎，向前伸出。

當下他只能後退。

「你的腰還是太高了。為什麼不把膝蓋再彎低一點增加彈力。先不說別的，你的身體就太緊繃了。如果不用更自然的姿勢站立，連逃都逃不了喔。」

說話的風間自己，把體重輕盈地放在腳尖上，擺出隨時能夠敏捷行動的姿勢。

「而且你把最關鍵的一點都徹底忘了。你的腦子還好嗎？」

只要回想那次打拳擊，大致便可料到，風間八成又要以某種形式來刺激他。

但他不懂何謂「最關鍵的一點」。

「對了，你老爸以前也是警察吧。我也聽說過他很多事喔。他和其他警察不同，是個非常另類的人。」

風間一邊晃動刀尖像要打叉叉，一邊繼續說。

「巡邏路線也是他自己開發的。他走得非常快。而且總是工作到比誰都晚。」

風間一直在前後左右晃動。為了不讓自己猜出他的底牌，不斷變換身體位置以免動作定型化。

「換句話說，巡邏時，他走的路線都是刻意避開可能發生犯罪的地點。這是為了避免自己的工作增加。對方如果看似幫派分子，他也不會做什麼臨檢盤查，往往當下就主動走人。」

美浦後退的腳停下了。

「因此他無法達成個人業績，總是得耗到比誰都晚的時間寫悔過書。唉，真是個傷腦筋的人啊。」

驀然回神才發現，他已把柔道服的腰帶扔到地上，手搭著袖子。身體自行顫抖。呼吸變得相當急促。

「所以說上梁不正下梁歪。」

意識中有某種東西反彈。

他把脫下的柔道服整個張開，像要罩住風間臉孔那樣扔過去。

赤手空拳時如果遭到襲擊，最好的防禦對策就是利用上衣。把大衣或西裝迅速脫下，舉到身體前面，當成布幕來遮擋對方的視野，這樣才有機會出其不意地踢對方。要注意別讓對方看清自己的動作，衣服要盡量對著敵人的臉孔張開——。

那就是朝永教的「防禦術第一招」。

風間用空著的那隻手揮開上衣。

這時正是踢對方的好機會。

雖然勉強抬起膝蓋，腳底向外踢出去，可惜距離太遠，根本不可能踢到風間。

「到此為止！」

美浦在朝永的號令下回到原位，同時忍不住往同學們那邊瞄了一眼。大家都緊張地屏息，看得目不轉睛。

「雙方面對面。」

風間替他撿起掉在地上的柔道服。他鞠躬接過，又套在汗濕的T恤外。

「防禦術第二招，開始！」

風間等他繫緊柔道服的腰帶後，像剛才一樣伸出刀子接近。

剛綁好的腰帶，立刻又鬆開了，但這次他沒有把腰帶扔開。他立刻將腰帶前端捆成一團，做成流星錘狀的球體。

「你慣用的是哪隻腳？通常用哪隻腳踢球？情急之下防禦時，應該把慣用的那隻腳先向前比較好吧。」

風間利用側移的步法向旁移動。

「如果演變成近身戰，不要讓雙腳交叉。否則會立刻摔倒喔。還有，雙手也得更向前，不然無法保護腹部。你現在這樣彎腰駝背，就算有再多條命也不夠用。」

雖然把腰帶捆成球，卻無法瞄準風間打過去。

「怎麼了？連那點程度都做不到的話別想畢業喔。沒出息這點倒是很像你父親啊。

你果然是留級生。」

胸口一陣輕微的絞痛。他感到心跳加快。

抓住風間踏出下一步的時機，他利用離心力，瞄準風間持刀的右手。

——真的有危險時就攻擊對方的耳朵。只要鼓膜破了，一招便可決定勝負。

他自認是按照朝永的指導毫不留情地展開攻擊，可是風間一直微微晃動腦袋。他無法鎖定目標。

腰帶前端發出悶響，雖然打中風間的手背，但風間並未放開武器。那隻手毫不退縮地倏然伸過來，橡皮刀的刀尖碰到自己的胸口。風間似乎微露白牙。

幾乎就在同時，腰帶前端發出鈍響，掠過風間的手背。

這次攻擊，雖未命中目標，但朝永投向風間的視線，就像要掃描風間全身般迅速上上下下移動。甚至可以說目光驚慌不定。如果讓教官受傷，那是助教失職。更何況是在自己的課堂上。

沒問題，妳繼續——風間以眼神如此示意後，朝永微微收起下顎。

「防禦術第三招，開始！」

第三次對峙時，等到風間將彼此距離縮短至五公尺左右時，美浦蹲下。用指尖觸摸操場的沙子。

——如果沒時間利用衣服或腰帶就用沙子或泥土。

朝永剛才這樣邊說邊示範的，是單手握沙的方法。可是美浦用雙手把手邊的沙子都攏到一起。

熱得要命。口乾舌燥，呼吸急促。汗水滑落胸口。

風間踏出一步。美浦感覺彷彿被勒住脖子。

「你現在就打算扔了嗎？真膽小。那樣距離太遠了吧。」

風間把橡皮刀換到另一隻手。

「如果不收緊兩脇，怎麼保護重要的頭部。雙手要隨時舉到臉前。還有，你還是忘記了關鍵重點喔。到底要我講幾遍。」

把風間引到相距兩公尺的位置後，他先將左手的沙子對著風間的臉揚手拋出去。

趁風間退後一步時，他立刻將慣用的右手握住的沙子扔出。邊扔也不忘邊彎腰，用空著的左手再次補充沙子。

雙手握沙，是為了在預備攻擊和正式攻擊時分兩次使用。這個小心機奏效，風間退卻了。

同時，他也終於醒悟風間所謂的「關鍵重點」是什麼。是聲音。自己一直在沉默地戰鬥。

美浦的丹田用力。

「喝！」他大吼一聲，同時以手刀劈向風間的右手。

風間拿的橡皮刀，堅硬的刀柄那頭向下掉落。砸到操場的沙子後高高彈起，這時宣告下課的鐘聲也響了。

6

結束防身術的特別課程後，學生們競相趕往有自來水的地方洗腳。

美浦也拿著事先帶來的毛巾，但他沒有去飲水台，依然光著腳就追上正要離去的風間。

「不好意思，果然還是不方便吧。」

美浦扔出沙子時，風間明顯失去距離感。只用一隻眼肯定難以追蹤沙子這種小東西的方向。

「對，還挺不適應的。」

「明知失禮我還是想問一句，教官不怨恨這個組織嗎？」

「當然怨，怨恨可多了。」

雖然說得很輕鬆，但語氣壓根沒有開玩笑的意思。

「像我這麼詛咒警察的人，我想恐怕也不多。」

「那您為什麼還要在警校從事公職？請告訴我理由。」

「如果想知道，不如先模仿我一下？」

「……我該怎麼做？」

這樣做。風間把手掌放在自己的頭頂，向額頭滑去。

微捲的光亮白髮上，有秋陽靜靜反射。

「那個動作，有什麼意義嗎？」

「以前，我在派出所執勤時，我的同期經常這麼做。當他每次逮到自行車竊犯時。」

「教官的意思是，摸摸自己的頭當獎勵嗎？」

「你反應很快啊。沒錯。你也可以試試看。要保持幹勁，這好像是最佳方法喔。」

「我做不到。」

自己讚美自己。這種行為怎麼想都很丟臉。

「單憑自己的想法就否定之前，或許也需要有嘗試的膽量。」

「恕我冒昧直言，基本上我並沒有做出任何值得獎勵的行為。」

「那就奇怪了。即使實力不足失敗了一次，也能不灰心地再次挑戰——這種行為，通常應該值得讚賞吧。」

美浦咬唇，風間朝他揮動右手。

「剛才那一記，還蠻痛的喔。」

「對不起。」

「該道歉的是我。我要訂正剛才的發言。無庸贅言，你父親是個好警察。我純粹是為了刺激你才故意那樣說，這你當然也知道吧。」

「是。」

「而且，」風間摩挲右手的手臂，一邊露出微笑。「我現在就是在誇獎你。你以前完全無法和人格鬥。那樣的你，已經成長到如此地步了。」

美浦張開嘴。但他不知該如何回答。

「被命令和同事認真對打，你就夾起尾巴逃了。那是六年前吧。結果那樣的你現在卻能做到。」

風間把臉轉向校舍。視線前方是開班會的第三教場。

「你桌上有塗鴉對吧。我是說那個『前任工作令人意外的學生前五名』。」

「……是。」

「我始終對那個有異議。你知道為什麼嗎？」

「不知道。」

「因為你沒有入榜。」

「我怎麼可能入榜。我以前只是警衛。」

而且不是正規的，是臨時工。

「當警察之前的工作，沒有比我這個更普通的了。」

「你不用裝傻。我是在說你大學畢業當警衛之前的事。高中畢業後，你曾一度就職。你總不可能忘了吧？」

美浦不知不覺握緊拳頭。

「那個排行榜的第一名不該是桐澤，應該是你才對。——警察學校第八十九期長期課程，美浦亮真。」

7

縣警樂隊演奏的《慶典進行曲》，即便在走出禮堂的此刻，仍在耳邊縈繞不去。一小時又四十五分鐘的典禮一轉眼就結束了，但是相對的，餘韻卻久久不消。

美浦依然戴著白手套，輕觸從右肩緩緩垂落胸前的飾繩。

記得那是在剛上小學時。他永遠忘不了當時為了模仿父親穿大禮服的照片，偷偷拿家裡打包用的繩子自已做成飾繩。在浴室鏡子前敬禮時被母親發現，當場非常丟臉。

從禮服懷中取出的是信封。他抽出裡面的紙。信封被他一再用手撕成細條，直到寫有「退學申請」的封面徹底粉碎後才扔進垃圾桶。至於申請書，他拿原子筆把填好的名字盡可能塗黑後，拿來摺紙飛機。

那種摺法似乎也曾登上金氏世界紀錄，號稱是全世界飛得最遠的紙飛機。不用一分鐘就摺好了。學校禁止攜帶私人電腦，也限制使用手機。娛樂太少，指尖自然而然學會單純原始的遊戲。

他打開廁所的窗子。對著操場擲出紙飛機。

這種行為如果被發現肯定會受懲罰，不過在畢業典禮當天的此刻，不可能有學校相關人士開車經過。

金氏世界紀錄號被微弱的風吹送飛了三十公尺的距離，從校舍降落到通往操場的台階上。

他在內心向必須多撿一個紙屑的學弟道歉，就此離開福利大樓三樓的廁所。走樓梯到一樓，前往中庭廣場。

中午十二點四十五分。這是和家人開始面會的時刻。

來到中庭廣場，手臂和肩膀連接處的肌肉緩緩發熱。

昔日就讀長期課程班時的記憶，尤其是印象強烈的場所有好幾處。這個地點──殉職者慰靈碑前也是其中之一。

──做不到互毆的人，伏地挺身兩百次。

被當時的助教這麼命令時，這裡的地面正被大雨浸濕。

「停！」的口令傳來，是在他想著這是第兩百下，正要把彎曲的手臂打直時。

他很清楚自己的表情已自行變成哭臉。反倒是手臂肌肉卻在笑，弄得視野抖個不停。

當他處於半趴臥狀態時，學長穿著鞋踩在他背上的重量。那種不講理的暴力觸感，和隔天早上肌肉痠痛的痛苦混在一起，即便在六年後的現在似乎仍附著在背上。

然而——。

他在慰靈碑前仰望微陰的秋日長空，深深吐氣。

長期沉澱在身體底層的渣滓，此刻一點一滴從腳底被地面吸收，靜靜消失。歷經六年終於嚐到的感覺，不算壞。

距離歡送活動開始還剩十五分鐘的中庭角落，出現父親膚色微黑的臉孔。

去年春天父親主動選擇提早退休後，就很少看到他穿西裝。銀色領帶歪七扭八，可見父親八成是趕時間慌慌張張出家門吧。抑或，是回到睽違許久的老窩讓他的手太緊張？

「你就站在那裡別動。」

父親朝他伸出手掌。另一隻手上拿著相機。

美浦擺出立正的姿勢。

「就叫你別那麼僵硬。」父親從舉起的相機旁邊露出臉。「又不是喪禮，笑得開心點嘛。」

這太為難他了。等歡送活動結束，還得去赴任的警局打招呼。一直以為很遙遠的畢業分配，也即將成為現實了。打從走出禮堂，自己的心跳聲就開始在耳中響起。

「不是有那種老照片。我是說江戶時代末期和明治時代拍攝的照片。你看過沒有？」

他一邊努力深呼吸一邊點頭。

「那種照片上的人，不是全都板著臉嗎？你知道那是為什麼嗎？」

「因為他們是侍衛或武士吧。」

「不對。」赴親的臉再次縮回相機後面。「是因為當時沒有起司。」

被這種似乎是從哪聽來的冷笑話逗笑的，只有說笑話的當事人自己。美浦努力試著咧開嘴之際，父親已迅速按下快門。

這時，有個人影從父親背後的人群中走來。是風間。每走兩三步就被學生家長叫住，忙著回禮打招呼。

美浦向風間介紹父親後，鞋跟啪的一碰挺直腰桿。

「正好令尊也在場。最後，我想按照警察禮式實施要領再檢閱各種敬禮一次。你可以配合嗎？」

「好的。」

──制服警察的敬禮，要領如下。戴帽時，行舉手注目禮，警棍敬禮或注目禮。

美浦在內心默誦實施要領的文句，同時依樣做出動作。

──脫帽時，行室內（十五度）敬禮，警棍敬禮，四十五度敬禮或注目禮。

脫下制服帽行注目禮後，他一度停止動作。

在戴上這頂帽子之前，當著風間的面摸摸自己的頭吧。一瞬間冒出這樣的念頭，可他還是覺得太羞恥，空著的那隻左手終究無法抬到頭頂的高度。

結果，就在他戴上制服帽時，風間微微張口。

「有件事好像還沒說。關於我至今任職警校的理由。」

「……教官能告訴我嗎？」

「那是因為，能夠遇見你這樣的學生。」

只留下這簡短的一句話和若有似無的笑意，指導教官轉身，消失在人潮中。

參考文獻

《從事例學習視覺性地域警察》地域警察強化研究會編（東京法令出版）
《抵達現場：前搜查一課課長談搜查的一切》久保正行（新潮文庫）
《警視廳驗屍官》芹澤常行・齋藤充功（同朋舍出版）
《現場刑警的法則》小川泰平（EASTPRESS 出版社）
《異色對談集：屍體的證言／推理作家和法醫學者聽取：死者訴說不為人知的劇情》山村正夫・上野正彥（素朴社）
《警視廳搜查二課》萩生田勝（講談社）
《防身術・防衛術・逮捕術》井久保要（文藝社）
《攻擊拳擊／技術與練習法》渡邊政史（成美堂出版）
《唯你倖存的方法／惡魔的防身術》栢植久慶（大陸書房）
《傭兵手冊・完全版》毛利元貞（並木書房）
《療癒的幽默／支撐生命光輝的照護》柏木哲夫（三輪書店）

*本作為虛擬小說，登場人物・團體・事件皆為虛構。

藍小說 327
教場 2

作者—長岡弘樹
譯者—劉子倩
編輯—張瑋庭
封面設計—陳恩安
內頁排版—邵麗如

總編輯—嘉世強
董事長—趙政岷
出版者—時報文化出版企業股份有限公司
108019臺北市和平西路三段二四〇號三樓
發行專線—（〇二）二三〇六—六八四二
讀者服務專線—〇八〇〇—二三一—七〇五・（〇二）二三〇四—七一〇三
讀者服務傳真—（〇二）二三〇四—六八五八
郵撥—一九三四四七二四時報文化出版公司
信箱—一〇八九九臺北華江橋郵局第九九信箱
時報悅讀網—http://www.readingtimes.com.tw
電子郵件信箱—liter@readingtimes.com.tw
法律顧問—理律法律事務所　陳長文律師、李念祖律師
印刷—勁達印刷有限公司
初版一刷—二〇二二年七月一日
定價—新臺幣三六〇元
（缺頁或破損的書，請寄回更換）

時報文化出版公司成立於一九七五年，
並於一九九九年股票上櫃公開發行，於二〇〇八年脫離中時集團非屬旺中，
以「尊重智慧與創意的文化事業」為信念。

教場2／長岡弘樹著；劉子倩譯．– 初版．– 臺北市：時報文化，
2022.7
面；公分．–（藍小說；327）
譯自：教場2
ISBN 978-626-335-625-2（平裝）

861.57　　111009242

KYOJO 2
by Hiroki NAGAOKA

Original Japanese edition published by SHOGAKUKAN.
Traditional Chinese (in complex characters) translation rights arranged with
SHOGAKUKAN through Bardon-Chinese Media Agency.

ISBN 978-626-335-625-2
Printed in Taiwan